Linnywis Seelen

Cornelia J. Busch wurde 1979 in Lübeck geboren, wuchs jedoch in Nordrhein-Westfalen auf. 2006 ließ sie alles hinter sich und zog in das schöne Schleswig-Holstein, wo sie heute mit ihrem Sohn auf dem Land lebt.

Weitere Informationen unter:

www.corneliabusch-autorin.de
www.meandmybook.de

LINNYWIS SEELEN

Roman
von

CORNELIA J. BUSCH

Bibliografische Information der Deutschen Nationalbibliothek: Die Deutsche Nationalbibliothek verzeichnet diese Publikation in der Deutschen Nationalbibliografie; detaillierte bibliografische Daten sind im Internet über http://dnb.dnb.de abrufbar.

© 2017, 2018 Cornelia Busch
www.corneliabusch-autorin.de

Umschlagbilder: pixabay.com
Umschlaggestaltung: Cornelia Busch

Herstellung und Verlag:
BoD – Books on Demand, Norderstedt

ISBN: 978-3-7460-4969-4

Dieses Buch ist auch als eBook erhältlich.

Man sagt, die Sterne sind die Seelen unserer Verstorbenen.

Doch...
Es gibt mehr Sterne, als es jemals Leben auf der Erde gab.

Das müsste aber bedeuten, dass manche Lebewesen mehr als nur eine Seele haben...

VERTRAUTER FEIND – Teil 1

Langsam öffnete sie ihre Lider. Ihre Wimpern berührten etwas, was eng über ihre Augen gebunden war. Dunkelheit. Das Klebeband auf ihrem Mund reichte von einem Ohr zum anderen. Sie konnte spüren, dass sie noch immer nackt auf ihrem Sofa lag. Der Geruch ihrer frisch gewaschenen Wäsche, die sie am Morgen auf einen Ständer gehängt und neben das Fenster gestellt hatte, war ihr vertraut. Sie hörte den Regen an die Fensterscheibe prasseln. Ihre Arme waren nach oben gestreckt und an den Handgelenken gefesselt und fest fixiert worden. Die Beine waren gespreizt positioniert und an den Fußgelenken befestigt worden. Sie atmete schnell - viel zu schnell. Der Versuch, möglichst viel Luft durch ihre Nasenlöcher zu saugen, erzeugte ein schnaufendes Geräusch. Panik überkam sie.

Was war passiert? Wer würde ihr so etwas antun? Gedankenblitze schossen durch ihren Kopf. Jemand war in ihre Wohnung eingedrungen, dessen war sie sich sicher. Danach hatte sie Schritte gehört, die immer nähergekommen waren. Als sie in ihrer Angst nachsehen wollte was vor sich ging, war es schon zu spät. Die Decke wurde ihr plötzlich vom Körper gerissen und eine große Gestalt stand vor ihr. Sie konnte das Gesicht nicht erkennen, da es zu dunkel war. Einen Moment später spürte sie diesen dumpfen Schlag und es wurde finster um sie herum. Wahrscheinlich hatte der Einbrecher sie hier gefesselt, aber warum hatte er sie nackt und in dieser Position zurückgelassen? Ihre Handgelenke waren aufgeschürft. Sie versuchte die Fesseln durch kreisende und windende Bewegungen zu lockern, sodass sie ihre Hände hätte hinausziehen können. Am rechten Handgelenk schien es sich langsam zu lösen. Sie musste es schaffen, sie musste hier schnellstens raus.

Plötzlich hielt sie inne und stoppte das Atmen. Schwere Schritte waren auf dem Flur hörbar, von dem ihr Wohnzimmer, das Badezimmer und ein Abstellraum abgingen. Der Klang der Schritte ließ sie vermuten, dass die Tür des Zimmers geschlossen war. Sie kamen immer näher und Linnywi hörte, wie sich die Tür öffnete. Es war einen Moment still, bevor der Eindringling die ersten Worte sprach.

„Hallo Linny. Ich sehe, du bist endlich wach. Dann kann ich ja jetzt anfangen. Ich wollte nicht, dass du alles verpasst."

Linnywis Herz überschlug sich und ihr Atmen wurde immer panischer. Sie kannte diese Stimme. Fast ein Jahr lang hatte sie diese täglich gehört.

Riko war nur schwer einzuschätzen. Nach außen war er immer ein freundlicher und zuvorkommender Gentleman. Ein Mann, der Frauen die Tür aufhielt oder ihnen in die Jacke half. Wenn jemand eine Gefälligkeit benötigte, war Riko derjenige, der sich nicht davor scheute, sich auch die Hände schmutzig zu machen. Das waren nur ein paar der Gründe, warum sie sich in ihn verliebt hatte. Doch er wurde ein Tyrann, der extrem brutal werden konnte. Zu spät hatte Linnywi das erkannt und als sie ihn verlassen wollte, war es bereits zu spät.

Ihre Augen füllten sich schlagartig mit Tränen, die sofort von dem eng gebunden Tuch um ihren Kopf aufgesaugt wurden. Das Schluchzen konnte sie nicht unterdrücken. Riko setzte sich neben sie auf das Sofa und seine Hände glitten über ihren nackten Körper. Jede Berührung ließ sie zusammenzucken. Sie stellte verzweifelt fest, dass sie diesem Martyrium nicht entgehen konnte und dazu verdammt war, es auszuhalten. Sie war angeekelt von ihm und dieser Art, wie er sie behandelte. Sie spürte ein flaues Gefühl in der Magengegend, welches in Übelkeit überging. Ihr Mageninhalt bahnte sich den Weg durch die Speiseröhre in ihre Mundhöhle. Sie schluckte die saure Flüssigkeit wieder hinunter, wodurch sie erneut würgen und schließlich husten musste. Dabei spritzte ein Teil ihres Erbrochenen durch die Nasenlöcher auf ihren Brustkorb, da ihr Mund immer noch zugeklebt war. Sie zwang sich, den Rest wieder hinunterzuschlucken und irgendwie Luft zu holen. Sie stieß die restliche Flüssigkeit in ihrer Nase mit einem ruckartigen Schnaufen hinaus. Riko verließ hektisch den Raum und kehrte kurze Zeit später zurück. Mit einem Tuch wischte er ihr das Erbrochene vorsichtig von Hals und Brust. Er ließ sich viel Zeit dabei. Linnywi fror. Ob es an der Temperatur im Raum lag oder an ihrer Todesangst, wusste sie nicht. Es schien Riko zu gefallen, ihre harten Brustwarzen zu berühren und die Bewegung ihrer Brüste beim Abwischen zu beobachten.

„Baby, ich habe dir doch gesagt, dass du mir gehörst. Diese Situation hättest du vermeiden können, wenn du bei mir geblieben wärst. Ich dachte, das hättest du kapiert. Du hast es mir leichtgemacht. Dank des Schlüssels, den du mir damals überlassen hast, war es sehr einfach für mich, dich zu besuchen. Du hast sicher mein Geschenk gefunden, das ich dir hier auf diesem Sofa hinterlassen hatte. Ich habe deinen Geruch und den deiner Wäsche vermisst, Linny."

Wieder füllten sich ihre Augen mit Tränen.

Der Schlüssel. Verdammte Scheiße! Wie konnte ich das vergessen?

Nach ein paar glücklichen Wochen hatte Linnywi ihm einen Schlüssel zu ihrer Wohnung gegeben, als Zeichen des Vertrauens und ihrer Liebe zu ihm. Hätte sie geahnt, wie sich alles entwickelt, wäre ihr das nie in den Sinn gekommen. Sie hatte es vergessen und den Schlüssel nach der Trennung nicht vermisst. Sie hätte doch das Türschloss dann längst auswechseln lassen. Jetzt verstand sie, was Joy immer wieder meinte, als sie versuchte, Linnywi zu warnen.

Sie spürte etwas Kaltes auf ihrem nackten Körper. Es berührte ihre Brust und glitt langsam zwischen ihre Beine.

„Spürst du das Linny? Möchtest du diese Klinge spüren oder doch lieber mich?"

Ihr Atmen wurde schwerer, das Schluchzen lauter. Sie war sich sicher, dass er sie töten würde. Diesmal käme sie nicht davon.

Unter Linnywis Augenlidern blitzten kleine, helle Punkte auf, die sich wie tausende Ameisen zu bewegen schienen. In ihren Ohren rauschte es. Sie verlor das

Bewusstsein und fand sich im Raum der Seelen wieder.

„Joy! Wo bist du, Joy!"

Warum komme ich nicht von der Stelle? Da ist der Tisch mit dem Spiegel. Dort werde ich Joy finden. Obwohl ich mich bemühe zu laufen, komme ich nur langsam an mein Ziel. Das Spiegelbild ist so wunderschön. Es ist mein Gesicht, doch das bin nicht ich. Es hat keine Schatten unter den Augen, es ist keine Müdigkeit zu erkennen und die zart roten Wangen lassen das Gesicht gesund, jung und erholt aussehen. Das war einmal ich, doch jetzt gehört dieses schöne Gesicht Joy.

„Joy?!"

„Hallo Linnywi. Wie ich sehe, steckst du wieder in einem Dilemma. Er hat dich gefangen und du kannst dich nicht dagegen wehren. Er wird dir schlimme Dinge antun."

Wie kann Joy in dieser Situation solch eine stoische Ruhe an den Tag legen? Ich wünschte, ich hätte ihre Stärke. Es ist lange her, als ich sie noch hatte.

„Joy! Hilf mir! Ich habe Angst!"

„Ich kann dir nicht helfen. Das musst du alleine durchstehen. Ich wurde für andere Aufgaben geschaffen."

Etwas Schlimmes wird passieren und Joy zeigt keinerlei Mitgefühl. Ich könnte verzweifeln.

„Was meinst du damit? Wofür wurdest du geschaffen, Joy?"

Sie antwortet mir nicht mehr. Der Spiegel verdunkelt sich.

„Bleib hier, Joy! Geh' nicht weg!"

Ich bin wieder alleine. Warum lässt sie mich hier zurück?

Nein! Ich will noch nicht gehen! Nein! Bitte nicht! Mein Gott, was ist das?

Ein Jahr zuvor

WIE ALLES BEGANN

Laute Musik drang durch Linnywis Ohren, bis in jede Zelle ihres Körpers. Buntes und grell blitzendes Licht durchflutete den Raum. Um sie herum war der Club gefüllt mit tanzenden Menschen. Clara gehörte auch dazu und schon an der Eingangstür konnte sie ihre Füße nicht stillhalten. Linnywi war noch nicht in Stimmung. Sie saß auf einem Barhocker an der Bar und nippte an ihrem Cocktail. Irgendein widerliches Gesöff, das ihre Schwester organisiert hatte. Clara versuchte, Linnywi zu animieren, doch es funktionierte noch nicht, denn dafür brauchte sie etwas mehr Alkohol im Blut. Clara konnte schon immer gut tanzen. Ob man es nun wirklich tanzen nennen konnte, war eine andere Frage. Sie hatte so ihre eigene Art sich zum Rhythmus der Musik zu bewegen. Dabei war es ein Spaß für sie, Unbeteiligte unwissentlich in ihre Tanz-Spielchen miteinzubeziehen. Sie tanzte wildfremde Menschen unbemerkt von hinten an. Wenn die dann das Gelächter der drumherum stehenden Leute mitbekamen und sich umdrehten, um zu sehen, was es zu lachen gab, machte Clara kehrt und tat so, als sei nichts gewesen. Wegen solcher verrückten Aktionen blieb sie nie unbemerkt und hatte bei ihren Späßen immer genug Zuschauer, die sich darüber amüsierten.

Auch Linnywi hatte irgendwann den richtigen Alkoholspiegel, um sich dem Rhythmus des donnernden Basses hinzugeben. Ihre Füße schmerzten, doch die Musik ließ sie keine Pause machen. Sie fühlte sich frei. Frei und glücklich.

Die meisten ihrer Freunde und auch ihre einzige Schwester, waren in langjährigen Beziehungen *gefangen*, wie sie es nannte. Alle behaupteten sie, glücklich zu sein, woran Linnywi jedoch zweifelte. Sie empfand eine Beziehung immer als eine Verpflichtung, den Partner zufriedenzustellen und eigene Bedürfnisse zurückzustellen. Doch sie gestand sich auch ein, dass sie für eine Partnerschaft wahrscheinlich zu egoistisch war. Vermutlich hatte deswegen keine ihrer Beziehungen länger als ein paar Wochen gehalten. Hinzu kam ihr Job als Teamleiterin in einem internationalen Unternehmen, der sie voll und ganz ausfüllte. Wenn sie für ihre Projekte Ruhe benötigte, konnte sie problemlos von zu Hause arbeiten, wo sie nicht gestört wurde. Sie hatte das volle Vertrauen ihres Vorgesetzten und traf wichtige Entscheidungen eigenständig. Ihr zehnköpfiges Team harmonierte, wie kein anderes in dem Unternehmen. Außerdem verdiente sie gut. Der Ausgleich zu ihrem zeitintensiven Job waren die Wochenenden, welche ihr heilig waren. Sie liebte es, sich morgens nach dem Aufstehen mit einem Kaffee an ihre weit geöffneten, bodentiefen Fenster zu setzen und das unruhige Treiben der Innenstadt zu beobachten. Das Hupen der drängelnden Autos, die Sirenen der Polizeifahrzeuge und das Gemurmel und Gelächter der Menschen, die ihre Einkäufe erledigten und in den Cafés saßen. Es war ihre Stadt. Hier war sie geboren und aufgewachsen.

In einem Zustand aus Alkohol, völliger Übermüdung und einer Nikotin-Überdosis verließen Linnywi und Clara am frühen Morgen den Club. Linnywis Wohnung war nicht weit entfernt, doch zu Fuß traute sie sich die Strecke nicht mehr zu. Clara musste in eine völlig andere Richtung, sodass sich jeder in eines der Taxis setzte, die bereits vor dem Club auf die Nachtschwärmer warteten.

Der Wagen war bereits ein paar Straßen gefahren, als sie an einer roten Ampel hielten. Dann sah sie ihn. Er schaute ebenfalls in ihre Richtung und ihre Blicke trafen sich. Linnywi war es, als würde sich die Welt, nur für sie und ihn, in Zeitlupe drehen. Die Ampel wechselte auf grün und das Taxi setzte sich wieder in Bewegung und bog an der Kreuzung rechts ab. Ihre Blicke verloren sich.

„Stopp! Halten Sie bitte kurz an!"

Das Taxi stoppte ruckartig am Straßenrand und Linnywi ließ die Fensterscheibe herunter. Er hatte sie tatsächlich erkannt und kam auf das Taxi zu. Nach fast fünf Jahren begegneten sie sich ausgerechnet hier wieder. Sie fragte sich, ob es Zufall oder Schicksal war.

„Linny? Wie geht's dir? Wir haben uns ja lange nicht gesehen. Was machst du denn hier?"

Riko schien genauso überrascht zu sein wie sie selbst. Die Art, wie er sie mit seinen funkelnden, blauen Augen ansah, löste eine warme Welle in ihrem Körper aus. Ihr Herz klopfte von innen kräftig an die Brust, doch sie versuchte sich ihre Aufregung nicht anmerken zu lassen.

„Riko? Hab' ich doch richtig gesehen. Mir geht's sehr gut. Was treibst du dich zu Fuß hier in den Straßen herum? Wohnst du hier in der Nähe?"

„Nein, ich komme gerade aus dem Hüx und bin auf dem Weg zu einem Kumpel, der hier in der Gegend wohnt und früher schlappgemacht hat. Er hat mir seine Couch angeboten. Ganz praktisch, wenn man Kollegen in der Stadt hat."

Der Taxifahrer wurde ungeduldig.

„Lady, soll ich weiterfahren oder wollen Sie vielleicht aussteigen?! Ich hab' noch andere Touren zu fahren."

Linnywi nickte dem Taxifahrer verständnisvoll zu.

„Haben Sie bitte kurz einen Stift für mich?" Der Fahrer kramte im Handschuhfach und reichte ihr einen schwarzen Kugelschreiber über seinen Kopf hinweg nach hinten. Sie zog Rikos Arm ein Stück durch das Fenster hinein und schrieb ihm ihre Handynummer auf den Unterarm. Dann gab sie dem Mann seinen Stift zurück.

„Wir haben uns viel zu erzählen. Melde dich einfach, wenn du mal Lust auf einen Kaffee hast. Ich würde mich freuen."

Sie lächelte ihn an und zwinkerte ihm mit einem Auge zu. Linnywi war bewusst, dass sie ihn nicht nach einem Treffen *gefragt* hatte. Sie wusste, dass man in solch einer Situation keine Fragen stellt, sondern einfach handelt und die eigentliche Frage in einen geschickten Satz verpackt. Sie war sich sicher, dass er sich früher oder später melden würde.

Riko sah Linnywi tief in die Augen und gab ihr einen zarten Kuss auf die Wange.

„War schön dich zu sehen, Linny!"

Den restlichen Weg nach Hause ging ihr Riko nicht mehr aus dem Kopf. Er war erwachsen geworden.

Damals hatte er nur Unsinn im Kopf, was wohl auch eines der Gründe war, warum sich damals aus diesem einen Kuss, auf der Party eines gemeinsamen Freundes, nicht mehr entwickelte.

Als Linnywi endlich im Bett lag, dröhnte immer noch der Bass in ihren Ohren, welcher von einem Rauschen begleitet wurde. Sie schlief schnell ein.

Es war schon Mittag, als Linnywi erwachte. Sie zog sich ein viel zu großes Hemd über ihre Unterwäsche. Ein Überbleibsel eines ihrer Ex-Freunde. Es war gemütlich und super geeignet, um es an warmen Sommertagen schnell überzuwerfen. Sie schaltete die Kaffeemaschine ein, die ihren geliebten Morgenkaffee zubereitete. Wie gewohnt schnappte sie sich ihren Kaffee und begab sich auf ihre Récamiere, die direkt am Fenster stand. Auf eine Zigarette verzichtete sie an diesem Morgen. Sie rauchte nur am Wochenende und für dieses hatte sie am Vorabend bereits genug geraucht. Heute war es ruhiger auf den Straßen. Sonntags und an Feiertagen war nie viel los in der Stadt. Kaum hatte sie den ersten Schluck Kaffee getrunken, gab ihr Handy einen Signalton von sich. Sie schaute auf die Nachricht und das Flattern von kleinen Schmetterlingen machte sich in der Bauchgegend breit. Sie musste schmunzeln.

Wusste ich's doch...

ENDEZVOUS

Als Linnywi aus dem Auto stieg, stand sie vor einem verlassenen Fabrikgebäude. Die unteren vier Etagen schienen leer zustehen. Hier musste irgendwann einmal eine Firma oder dessen Lagerräume gewesen sein. Die oberste, fünfte Etage wurde offensichtlich bewohnt. An einigen der großen Fenster hingen Vorhänge.

Riko hatte Linnywi zu einem romantischen Abendessen eingeladen und wollte für sie kochen. Eine Woche war es jetzt her, als sie ihm ihre Nummer am frühen Morgen, von einem Taxi aus, auf den Unterarm geschrieben hatte. Seither telefonierten sie fast täglich miteinander oder schrieben sich Nachrichten.

Ihr Handy klingelte.

„Hey, Kleines. Bist du schon in der Nähe?"

„Riko, ich stehe vor einem verlassenen

Firmengebäude.“

Irgendwo im Nirgendwo, dachte sie, sprach es jedoch nicht aus.

„Ich bin nicht sicher, ob ich hier richtig bin.“

Sie schaute sich weiter um und entdeckte eine Rampe, die an der linken Seite mit Metalltreppen versehen war.

„Du bist genau richtig. Ich kann dich jetzt sehen. Geh die Treppen der Laderampe hinauf, durch den Flur und dann einfach den Stufen nach oben folgen.“

Sie sah noch einmal nach oben zu den Fenstern des fünften Stockwerks. Riko winkte ihr aus einem der Fenster zu.

„Okay, bis gleich“, sagte sie und ging auf die Rampe zu.

Sie folgte den Metallstufen und stand dann vor einer großen Öffnung in der Wand, die in eine riesige Halle führte. Hinten am Ende der Halle erkannte sie eine große und schwere Stahltür. Überall lag Bauschutt, Metallschrott und ein paar Planen herum. Sie musste vor dieser großen Öffnung nach links durch einen kleinen Gang, der in ein hässliches Treppenhaus führte. Es überkam sie ein unbehagliches Gefühl. Die Stufen schienen endlos nach oben zu reichen. Von außen betrachtet, hätte man nicht vermutet, dass sich hinter dieser Fassade solch ein kolossaler Komplex erstreckte. Die Fenster des Gebäudes waren von der Witterung angelaufen und ließen nur noch wenig Licht hindurch. Sie folgte den grauen Betonstufen nach oben. Plötzlich überkam sie eine Gänsehaut über den ganzen Körper. Ihr Kopf schien ihr einen Streich zu spielen, als sie dachte, ein unverständliches Wispern wahrzunehmen. Ungeduldig wurde sie immer schneller. Das Gefühl, beobachtet zu werden, ließ es ihr kalt den Rücken herunterlaufen. Ihre Nerven waren zum Zerreißen gespannt. Wohin würden sie diese Treppen bloß führen? Die Wände, die in einem lieblosen Grau verputzt waren, strahlten eine unbehagliche Kälte aus. Endlich oben angekommen, erreichte sie einen hellen, langen und sehr geschmackvoll gestalteten Flur, der das Gegenteil von dem nicht enden-wollenden Aufgang war. Am Ende des Flures stand Riko bereits in der Tür und lächelte ihr zu. Linnywi war froh, dass sie endlich angekommen war. Auf dieser Etage hatte sich jemand viel Mühe gegeben, ihn ansprechender aussehen zu lassen, als den Zugang hinauf. Die Gemälde an der rechten Wand zeugten von künstlerischem Talent. Sie interessierte sich für Kunst, doch dies waren keine Werke eines ihr bekannten Künstlers. Auf der linken Seite befanden sich zwei Türen, die, so nahm sie an, zu weiteren Wohnungen führten. Während sie weiter auf Riko zuging, war da wieder dieses Gefühl, als würde jemand hinter ihr stehen und ihr jeden Moment eine Hand auf die Schulter legen.

Sie drehte sich kurz um, doch da war nichts. Wieder hörte sie das unverständliche Flüstern. War sie jetzt verrückt geworden? Ihr Lächeln war inzwischen zu einer ernsten Miene erstarrt. Diese Stimme jagte ihr Angst ein. Endlich war Riko greifbar nah und sie fühlte sich sicherer. Er empfing sie mit einem zarten Kuss auf die Wange.

„Na Kleines? Du guckst, als hättest du einen Geist gesehen. Geht's dir gut?"
Riko fiel auf, dass irgendetwas nicht stimmte.

„Alles gut. Ich dachte, ich hätte etwas gehört. Wohnen hier noch andere Leute?"

„Niemand sonst. Ich wohne alleine auf dieser Etage. Genaugenommen wohne ich alleine in dem ganzen Gebäude. Die anderen beiden Wohnungen sind frei. Fünfter Stock ohne Fahrstuhl gehört wohl nicht zur bevorzugten Wohnlage. Der Vermieter ist irgendwann ausgewandert und kümmert sich nur noch, wenn es Probleme gibt. Und dann schickt er auch nur Handwerker vorbei. Den sehe ich vielleicht einmal im Jahr."

Er lächelte und wies ihr mit seiner Hand den Weg hinein. Bevor sie seine Wohnung betrat, drehte sie sich ein weiteres Mal um und sah den Flurgang zurück. Nichts. Sie musste sich diese Stimmen eingebildet haben.

Der wunderbare Geruch des Essens kam ihr entgegen.

Sie hatte einen wahnsinnigen Hunger.

„Ich zeige dir wohl erst einmal alles", meinte Riko, während er Linnywi die Jacke abnahm und an die Garderobe hängte. Er sah super aus. Seine blauen Augen funkelten und jeder Blickkontakt löste eine warme Welle in ihrem Körper aus. Im Gegensatz zu früher, hatte er heute einen kurzen Vollbart, der ihn sehr männlich erscheinen ließ. Sein dunkles und volles Haar hatte sich kaum verändert. Die Frisur erinnerte sie schon früher an einen Surfer. Immer, wenn er nach unten sah, fielen ihm einige seiner Haarsträhnen in sein wunderschönes Gesicht.

Sie stand bereits in der imposanten Wohnküche. Rechts von ihr befand sich die Küchenzeile mit einer großen Kochinsel. Links kam man in einen Wohnbereich, der mit einem großen Sofa, einem massiven Holztisch und einer stilvollen Wohnwand eingerichtet war. Ein Berberteppich rundete den Bereich geschmackvoll ab. Genau zwischen dem Wohn- und Küchenbereich fand sie einen großen Esstisch aus Glas mit sechs Stühlen vor. Sie schätzte, dass dieser Raum mindestens eine Größe von achtzig Quadratmeter haben musste. Die Wände waren mit tollen Bildern versehen. Außer ein paar vereinzelten Statuen stand keinerlei Schnick Schnack herum. Die große Fensterfront, die ihr schon von draußen aufgefallen war, ließ viel Licht hinein, obwohl es bereits dämmerte. Das Bad war ebenfalls sehr groß und erinnerte sie an ein Badezimmer eines guten Hotels. Selbst das Toilettenpapier war farblich auf die schwarz-graue Einrichtung abgestimmt. Sie fragte sich, wo man schwarzes Toilettenpapier kaufen konnte.

Das in Weiß gehaltene Schlafzimmer war schlicht aber zweckmäßig eingerichtet. Riko führte sie zurück in den Wohnbereich. Während er sich weiter um das Essen kümmerte, schaute Linnywi sich noch ein wenig um und bewunderte die schönen Gemälde an den Wänden.

„Weißen oder Roten?", fragte Riko und hielt zwei Flaschen Wein hoch.

„Weißwein bitte."

„Die hat 'ne Freundin gemalt."

Riko reichte ihr das Glas mit dem Wein, sah ihr dabei tief in die Augen und kam ihr aufregend nah.

„Tolle Bilder. Sie malt wirklich gut."

Linnywi zeigte auf ein Frauenportrait, welches ihr besonders gut gefiel und trank einen Schluck von ihrem Wein.

„Sie ist wunderschön."

Die Frau sah aus, wie eine der adligen Damen aus dem achtzehnten Jahrhundert. Die anderen Gemälde an der Wand zeigten abstrakte Malereien. Eigentlich ein totaler Stilbruch zu dem Frauenportrait. Sie fand es bewundernswert, dass jemand auf zwei so unterschiedliche Arten malen konnte. Sie war beeindruckt von Rikos Geschmack und dem Sinn für das Schöne. Das hätte sie ihm gar nicht zugetraut. Wieder wurde ihr klar, dass Riko sich in den letzten Jahren sehr verändert hatte. Aus irgendwelchen Gründen war der Kontakt damals, vor ungefähr fünf Jahren, abgebrochen. Sie hatten früher einige Nächte durchgemacht und einen gemeinsamen Freundeskreis, der sich aber in den letzten Jahren gespalten hatte. Auch wenn da, außer einem einzigen Kuss, niemals etwas zwischen ihnen gewesen war, fanden sie sich doch schon immer sehr anziehend. Das Knistern konnte man schon früher spüren. Warum aus ihnen nie etwas geworden war, konnte sie sich selbst nicht genau beantworten. Wahrscheinlich war er ihr damals noch ein wenig zu draufgängerisch. Man spürte, dass er mittlerweile mit beiden Beinen im Leben stand.

Das Essen schmeckte wunderbar. Er verstand etwas vom Kochen. Was man von Linnywi nicht behaupten konnte. Sie ernährte sich hauptsächlich von Tiefkühlkost und Junkfood. Es musste immer schnell gehen. Sie hat nie einen Grund gesehen, für sich alleine zu kochen, wenn es doch diese wunderbaren Fertiggerichte für die Mikrowelle gab, die ihr eigentlich ganz gut schmeckten. Linnywi und Riko unterhielten sich prächtig und sie redeten viel über die lustigen und verrückten Dinge, die sie mit ihrem damaligen, gemeinsamen Freundeskreis durchgemacht hatten. Er erzählte ihr auch, dass er vor langer Zeit mit dem Kampfsport aufgehört hatte. Sein muskulöser Körper war jedoch geblieben. Früher hatte er seinen Sport geliebt und alles andere für seine Trainingseinheiten stehenlassen. Sein Job ließ es mittlerweile zeitlich nicht mehr zu, sodass er sich nur noch durch unregelmäßiges Joggen und das Krafttraining zuhause in Form hielt.

„Wo wohnst du eigentlich mittlerweile?", fragte Riko.

„Mitten in der Stadt, in der Mühlenstraße. Eine kleine, aber wunderbare Wohnung in der Nähe des Café Art", antwortete Linnywi.

„Sieh' an... Ich gehe dort manchmal mit Freunden frühstücken, wenn es mir hier zu einsam wird. Ist ja lustig. Wenn ich gewusst hätte, dass du da gleich um die Ecke wohnst, wäre ich bestimmt mit Brötchen vorbeigekommen." Linnywi ließ sich von Rikos Lächeln anstecken.

„Wenn du dich mit Marmelade und Käse zufriedengibst? Mehr habe ich grundsätzlich nicht im Haus, weil es mir doch nur schlecht wird", lachte Linnywi.

„Es hätte einfach nur gereicht, wenn du da gewesen

wärst", meinte Riko und sah Linnywi in ihre braunen Augen. Sie fühlte, dass sich ihre Wangen rot färbten, was ihr unangenehm war. Sie war doch sonst nicht so schnell aus der Ruhe zu bringen. Oft sahen sie sich einfach nur tief in die Augen und schwiegen. Sie konnte ihren Blick nicht von ihm abwenden. Sein markantes Gesicht und seine vollen Lippen lösten in Linnywi das Gefühl aus, ihn küssen zu wollen. Sie genoss dieses Kribbeln in der Bauchgegend und die heißen Schübe, die durch ihren Körper gingen. Ein Gefühl, das sie schon lange nicht mehr gespürt hatte.

Es wurde spät und es kam für Linnywi nicht in Frage, über Nacht bei Riko zu bleiben. Sie wusste, dass sie sich nicht einfach nebeneinander ins Bett legen würden um zu schlafen. Sie wollte vermeiden, dass er denkt, er könnte sie nach dem ersten Date ins Bett bekommen.

Riko brachte sie hinunter zu ihrem Auto. Als Linnywi die Tür ihres Wagens öffnen wollte, spürte sie, wie er plötzlich hinter ihr stand und sie an den Hüften packte. Sie rührte sich nicht, als er ihr langes, braunes Haar zur Seite strich und sie seinen Atem im Nacken spüren konnte.

„Ich möchte dich wiedersehen", hauchte er ihr ins Ohr.

Er drückte sie, mit seinem durchtrainierten Körper vorsichtig gegen die Autotür und legte dabei seine Hände neben ihren Kopf auf das Autodach. Sie genoss diesen aufregenden Moment. Sie spürte seine warmen Lippen, die zart ihren Nacken liebkosten. Linnywis Knie wurden weich. Als sie sich umdrehte sah sie in Rikos Augen. Ich Blick glitt langsam an seinem Gesicht zu seinen Lippen herunter, die zielsicher auf die ihren zusteuerten. Seine Hüften drückten gegen Linnywis und sie konnte seine Erregung spüren. Riko küsste wunderbar - so intensiv und leidenschaftlich. Doch sie musste die Reißleine ziehen. Sie löste den wunderbaren Kuss, was fast unmöglich schien.

„Ich muss los", flüsterte sie.

Riko strich ihr erneut durch das Haar, hielt sie dann zart am Kinn fest und gab ihr noch einen letzten Kuss.

„Wir sehen uns, Hübsche."

Linnywi sagte nichts. Sie war noch immer mit ihren Gedanken bei diesem leidenschaftlichen und aufregenden Moment. Sie setzte sich in ihr Auto und startete den Wagen. Als sie wegfuhr, sah sie noch einmal in den Rückspiegel. Da stand er, ihr Traummann. Mit den Händen in seinen Hosentaschen sah er ihrem Wagen nach.

ERSTER SCHLAG

Fünf Monate war es her, dass sie Riko das erste Mal nach Jahren wiedergesehen hatte. Mittlerweile war Linnywi mehr oder weniger bei ihm eingezogen, da sie sich ohnehin fast jeden Tag sahen. Ihre Stadtwohnung behielt sie trotzdem. Sie brauchte die Sicherheit, sich räumlich zurückziehen zu können, wenn ihr alles zu viel wurde. Alle zwei Wochen sah Linnywi nach dem Rechten und befreite ihre Möbel von Staub, so wie an diesem Tag. Es hatte sich zu einem Ritual eingestellt, dass sie sich nach getaner Arbeit einen Kaffee zubereitete und sich damit an ihr geliebtes Fenster setzte. Für einen kurzen Moment konnte sie wieder das Treiben der Stadt beobachten, was sie so mochte. Die Menschen, die scheinbar so sorglos durch die Straße schlenderten, tauschten sicher gerade ihre Weihnachtsgeschenke um oder würden die zu Weihnachten erhaltenen Gutscheine einlösen, so vermutete sie.

Die Weihnachtsdekorationen in den Einkaufsstraßen leuchteten in ihrer ganzen Pracht. Die im Abstand von ein paar Metern an den Hauswänden angebrachten weißen Lichterketten erstreckten sich wie ein Tunnel tausender Sterne durch die ganze Straße.

Rikos Wohnung lag am Stadtrand. Dort war es entsprechend ruhiger, um nicht zu sagen tot. Sie öffnete das Fenster und die kalte Winterluft strömte in den Raum. Mit geschlossenen Augen atmete sie die Luft ein und genoss die Geräusche, die in ihre Ohren drangen. Für einen kurzen Moment war sie zurück. Zurück in ihrer Welt.

Plötzlich klingelte ihr Handy und riss sie aus ihren Gedanken. Riko rief schon wieder an. Es wurde in letzter Zeit immer schlimmer. Linnywi liebte ihre Freiheit und sie hatte ohnehin schon Schwierigkeiten, diese mit jemanden zu teilen. Doch Riko schien sie ihr vollständig nehmen zu wollen. Trotzdem liebte sie ihn abgöttisch und konnte ihm deshalb nie lange böse sein.

„Hallo?", fragte sie, obwohl Rikos Name auf dem Display stand und sie ihn hätte direkt begrüßen können. Ihr Herz raste, da sie genau wusste, warum er anrief. Er wollte sie, wie schon so oft, zuhause haben.

„Linny, wo bist du? Warum bist du nicht zuhause? Dein Köter muss vor die Tür, sonst kackt der mir noch die ganze Wohnung voll!"

Riko schrie förmlich ins Telefon, sodass Linnywi das Handy ein wenig vom Ohr distanzieren musste.

„Ich bin in meiner Wohnung. Ich komme sofort."

Sie rollte mit den Augen. Zum Glück konnte er das nicht sehen, sonst wäre er wahrscheinlich ausgerastet. Riko wusste genau, wie er sie sofort von irgendwo abrufen konnte. Er schob oft ihren kleinen Chihuahua als Begründung vor. Zu Anfang machte auch Riko Spaziergänge mit ihrem Hund, doch in den letzten Wochen schien er von ihm einfach nur noch genervt zu sein. Er verlor ihm zu viele Haare, sein Futter würde stinken und überhaupt... der ganze Hund würde unangenehm riechen und Dreck machen. Sie hatte immer damit gerechnet, dass er irgendwann vorschlagen würde, den Hund abzugeben. Doch er wusste auch, dass das für Linnywi keine Option war. Sie machte ihm bereits am Anfang klar, dass ihr Chi so wichtig war, dass sie auch eine Beziehung für ihn riskieren würde.

Sie packte ihren Kram ein und machte sich auf den Weg zu Rikos Wohnung. Als sie bei ihm eintraf, drückte er ihr die Hundeleine in die Hand und schob sie mit dem Hund in den Hausflur.

Er hatte sich verändert. Der anfänglich liebevolle und

zärtliche Mann entwickelte sich immer mehr zu einem Monster. Bisher war sie immer eine Frau, die sich die Freiheiten nahm, die sie brauchte. Doch warum konnte sie es bei Riko nicht? Sie liebte ihn, keine Frage. Doch angesichts der Tatsache, dass er Linnywi nicht wie seine Freundin, sondern wie sein Eigentum behandelte, ließ sie zweifeln, ob er der richtige Mann für sie war. Sie wollte zwar immer eine feste Beziehung, etwas was sich in absehbarer Zukunft in Richtung Familie entwickelte, doch zum derzeitigen Zeitpunkt konnte sie sich mit Riko so etwas nicht vorstellen. Sie war sich nicht sicher, ob sich Rikos Verhalten in bestimmten Situationen sogar noch zuspitzen könnte. Doch gleichzeitig vertraute sie darauf, dass er sich irgendwann wieder in den tollen Mann veränderte, der er am Anfang der Beziehung war. Er stand im Moment beruflich unter hohem Druck. Riko arbeitete an einem wichtigen Projekt, bei dem es um viel Geld für die Firma ging. Den Stress konnte er scheinbar nicht gut wegstecken. Sie hatte Mitleid mit ihm. Vielleicht war das der Grund, warum sie den für sie, psychischen Terror einfach nur ertrug.

Eine Stunde später kam Linnywi vom Spaziergang mit Chi zurück. Riko wartete bereits ungeduldig in der Küche. Er hatte wieder diesen kalten Gesichtsausdruck. Irgendetwas musste passiert sein. Sie spürte, dass es gleich wieder eine Diskussion geben würde. Hatte Chi vielleicht doch irgendwo einen Haufen verloren? Bei so etwas verstand er keinen Spaß.

„Kannst du mir erklären, was das ist?", fragte er. Seine Stimme war mit Wut gefüllt. Er stand neben dem Kühlschrank und hielt eine Plastikschale in die Höhe. Es war nicht erkennbar, was sich in dieser Schale befand, da sie von Rikos großer Hand fast vollständig umschlossen war. Linnywi ging näher heran, um zu erkennen, worum es ging. Dann erkannte sie es. Das konnte er nicht ernst meinen. Sie sah ihn fragend an und konnte sich ein Schmunzeln nicht verkneifen.

„Ist das jetzt dein Ernst, Riko? Deswegen bist du so aufgebracht?"

Riko hielt ihr eine Schale mit Tomaten unter die Nase. Eine dieser Tomaten war mit einem weiß-grauen Schimmelfleck versehen. Linnywi hasste Tomaten, selbst bei dem Geruch drehte sich ihr der Magen um. Riko hingegen liebte sie und bereitete sich gerne und auch regelmäßig einen Tomatensalat mit Zwiebeln zu.

„Ja genau, deshalb bin ich aufgebracht. Es ist deine Aufgabe, darauf zu achten, dass so etwas nicht passiert. Ich wollte gerade welche essen und dann finde ich diese Scheiße vor!"

Riko war einen Kopf größer als Linnywi und schaute bedrohlich auf sie herab, während er ihr näherkam. Seine Stimme bebte vor Wut, doch Linnywi versuchte, sich ihre Angst nicht anmerken zu lassen. Sie zitterte innerlich und wagte es nicht, ihm in die Augen zu sehen, da er ihre Unsicherheit dann wohl bemerken würde.

„Ich dachte schon, es wäre etwas Schlimmes passiert", nuschelte sie und beugte sich herunter, um Chi die Leine vom Halsband zu entfernen. Wie aus dem nichts, hörte sie wieder dieses unverständliche Flüstern. Erst dachte sie, sie würde es sich einbilden, doch es war so real. Dieses Flüstern kam aus dem Innern ihres Kopfes. Doch sie konnte nicht verstehen, was diese Stimme sagte. Als sie sich wieder aufrichten wollte, spürte sie plötzlich einen dumpfen Schmerz an ihrem Oberarm. Ein Schlag hatte sie erwischt und zu Boden stürzen lassen. Erschrocken musste sie sich erst einmal sammeln, um zu realisieren, was gerade geschehen war. Riko stand immer noch mit geballter Faust am gleichen Fleck und starrte sie an. Ihre Augen füllten sich mit Tränen.

Sie konnte Rikos Gesichtsausdruck nicht zuordnen, der so hasserfüllt und voller Zorn auf sie hinunterblickte. Er kam auf sie zu.

„Steh auf! Beweg dich! Du musst schneller sein!"

Diesmal konnte sie die Stimme, die in ihrem Kopf zu sein schien, deutlich verstehen. Sprach sie zu ihr? Hastig versuchte sie aufzustehen, doch sie rutschte auf den

Fliesen weg und fiel wieder zurück zu Boden. Plötzlich holte Riko mit seinem Fuß aus und trat ihr mit voller Kraft in den Bauch. Der Schmerz war kaum zu ertragen. Sie krümmte sich wie ein Baby zusammen. Chi bellte Riko lauthals an und fletschte mit seinen kleinen Zähnchen. Doch Riko gab ihm ebenfalls einen Tritt und der arme Hund rollte über die Fliesen. Quiekend versteckte er sich unter dem Esstisch.

„Beim nächsten Mal kommst du nicht so glimpflich davon, du Miststück!" schrie er.

Dann verließ Riko fluchtartig die Wohnung und ließ die Tür mit voller Wucht hinter sich zuknallen.

Linnywi kauerte auf dem Boden. Schmerzerfüllt, zusammengekrümmt brauchte sie ein paar Minuten, um sich aufrichten zu können. Ihr war speiübel und sie übergab ihren Mageninhalt auf den Fliesenboden. Sie zwang sich hoch, um das Ausgespuckte schnellstens vom Boden zu wischen, bevor Riko zurückkam. Danach ging sie ins Bad und setzte sich gekrümmt auf den Badewannenrand. Sichtlich eingeschüchtert, lief Chi hinter ihr her. Wenigstens schien ihm nichts weiter passiert zu sein, wobei sie sich nicht sicher war, ob der Tritt nicht doch im Nachhinein noch Folgen haben könnte. Sie würde ihn gut beobachten müssen. Linnywi schaffte es kaum, sich gerade hinzusetzen. Sie versuchte, sich zu sammeln. Warum hatte er das getan? Der

Mascara war von den Tränen über das ganze Gesicht verschmiert und lief in ihre Augen, die fürchterlich brannten. Die Stelle, auf die Riko mit seiner Faust geschlagen hatte, lief sichtlich blau an. Jede Berührung schmerzte. Dem Bauch war der Tritt nicht anzusehen, aber es fühlte sich an, als hätte er ein Loch hineingetreten. Ein Blick aus dem Fenster gab ihr Gewissheit, dass Riko weggefahren war. Sein Auto stand nicht mehr auf dem Parkplatz vor dem Haus.

„Verschwinde! Nimm deine Sachen und ver- schwinde, so schnell du kannst."

Was war das nur? Jemand redete doch mit ihr. Es waren keine Gedankengänge, wie sie sonst so viele hatte. Immer wieder dachte sie über etwas nach. Ob es beim Einschlafen war, bei der Arbeit oder wenn sie an Menschen vorbeilief. Doch diesmal war es anders. Sie hatte keinen Einfluss darauf. Es waren keine *ihrer* Gedanken. Aber die Stimme in ihrem Kopf hatte recht. Die Gelegenheit sollte sie nutzen, um ihre Sachen und den Hund zu nehmen und einfach abzuhauen. Doch warum raffte sie sich nicht auf? Warum schaffte sie es nicht, Riko einfach zu verlassen? Sie hätte ihre Schwester anrufen können. Clara wäre sofort gekommen, doch der Kontakt war in letzter Zeit nur auf das Nötigste beschränkt und sie wollte ihr in diesem Zustand nicht begegnen. Clara war im Glauben, sie sei glücklich mit Riko.

Plötzlich zuckte Linnywi zusammen. Sie hörte, wie die Wohnungstür geöffnet wurde und dann wieder ins Schloss fiel. Riko war zurück.

„Es ist zu spät. Hättest du doch auf mich gehört", hallte es wieder in ihrem Kopf.

Sie saß immer noch verheult auf dem Wannenrand, als sich die Tür zum Bad öffnete. Ihr Herz raste. Sie hatte Angst. Schützend legte Linnywi ihre Hände über den Kopf, als Riko zielstrebig auf sie zukam. Sie rechnete mit dem Schlimmsten. Er blieb jedoch genau vor ihr stehen, fasste sie vorsichtig an den Armen, wodurch Linnywi kurz zusammenzuckte, da die Stelle von dem Schlag auf ihrem Oberarm schmerzte. Sofort ließ er von ihr ab, fasste stattdessen zart ihren Kopf und zog ihn vorsichtig hoch, sodass Linnywi sich geführt fühlte und sich hinstellte. Zärtlich strich er ihr eine Haarsträhne aus dem Gesicht und sah sie mit seinen wunderschönen, blauen Augen an. Das war der Blick, in den sie sich damals verliebt hatte. Diesen Blick und diese Zärtlichkeit hatte sie vermisst. Er küsste sie auf die Stirn.

„Baby, es tut mir leid", flüsterte er ihr ins Ohr.

„Ich weiß nicht, was in mich gefahren ist. Ich hatte einen miesen Tag. Ich wollte das nicht. Bitte verzeih' mir. Es tut mir wirklich leid."

„Glaub' ihm kein Wort. Er lügt. Er wird es wieder tun."

Da war sie wieder, diese Stimme, die Linnywi seit Monaten verfolgte und die sie seit heute erst richtig verstand. Sie erinnerte sich an ihren Traum, der sie in den letzten Wochen fast jede Nacht verfolgte. Ein dunkler und unendlicher Raum. Oft rannte sie dort umher und glaubte, niemals ein Ende finden zu können. Doch irgendwann stieß sie auf einen schneeweißen Tisch. Vor ihm war ein weißer Hocker platziert. Auf diesem Tisch war dieser ovale, in weiß eingerahmte Spiegel. Es war, als gehörten diese Möbelstücke, die auf sie wie ein Schminkeckchen für ein kleines Mädchen wirkten, nicht in diesen dunklen Raum. Wenn sie in ihren Träumen dort war, hörte sie genau *diese* Stimme immer und immer wieder ihren Namen rufen, doch es war niemand da. Nur sie allein.

DUNKELHEIT

Warum verlor Riko immer wieder die Nerven? Linnywi verstand es nicht. Sie dachte, ihn gut genug zu kennen. Sie hatten doch früher so viel Spaß. Ihre Beziehung fing wundervoll an. Es war deutlich spürbar, dass Riko und Linnywi sich liebten. Doch liebte er sie immer noch so sehr, wie am Anfang der Beziehung? Sie wusste es nicht. Von Tag zu Tag wurde er gereizter. Sie fühlte sich gefangen in dieser Stimmung und hielt es kaum noch in Rikos Nähe aus. Früher umgaben sie immer gut gelaunte Menschen. Lebensfrohe Menschen. Das Leben mit jemandem zu teilen, der unzufrieden mit sich und seiner Umwelt war und daraus kein Geheimnis machte, war mehr als frustrierend. Sie konnte Riko nichts mehr Recht machen. Gerne wäre sie aus dieser Beziehung ausgebrochen, doch sie meinte, dass es nicht richtig gewesen wäre, ihn in seiner derzeitigen Gemütslage zu verlassen.

Die Sonne schien durch die offenen Fenster von Rikos Wohnung und die Frühlingsluft drang in die Räume. Die schönste Jahreszeit zeigte sich von ihrer besten Seite. Linnywi hielt es nicht mehr aus. Sie musste an die Luft und das traumhafte Wetter genießen. Riko zog es vor, zuhause zu bleiben, anstatt mit ihr in den Park zu fahren. Er war schon lange nicht mehr mit ihr unterwegs gewesen. Riko saß lieber vor dem Fernseher und sah sich Sportsendungen an.

„Ist es okay für dich, wenn ich mit dem Hund in den Park fahre?", fragte sie ihn und erinnerte sich an die Zeit, in der sie einfach gefahren wäre, ohne jemanden zu fragen, ob es okay sei. Doch mit Riko war es anders. War sie ihm hörig geworden? Man hörte das oft und sah es manchmal sogar. Frauen lebten nur noch für ihren Mann. Sie verzichteten plötzlich auf all die Dinge, die sie vorher mit Leidenschaft getan hatten. Jahrelange Freundschaften gingen darunter zu Bruch. Die Kontakte zur Familie waren nur noch sporadisch. War sie eine von diesen Frauen geworden?

„Geh' um Himmels Willen. Nimm bloß den Köter mit!", antwortete Riko genervt.

Natürlich würde sie Chi mitnehmen. Seine Launen

veranlassten sie dazu, den Hund nicht mehr ohne ihre Aufsicht bei Riko zurückzulassen. Zu groß war die Angst, dass er sich in ihrer Abwesenheit nicht im Griff hatte. Linnywi war es lieber, dass sie selbst seine Wut zu spüren bekam, anstatt diesem kleinen Wesen, das nicht entscheiden konnte, ob es mit Riko zusammenleben wollte. Eine Wahl hatte der Hund schließlich nicht.

Als sie mit Chi die Wohnung verlassen hatte und auf dem Parkplatz vor dem Gebäude stand, schloss sie ihre Augen und sog die Luft tief in ihre Brust hinein. Der Frühling war in vollem Gange. Es roch nach purer Lebensfreude. Sie spürte förmlich, wie ihre Haut die Sonnenstrahlen wie ein Schwamm aufsaugte. Bevor es in den Park ging, machte sie noch einen Zwischenstopp im Café Art und kaufte einen großen Kaffee zum Mitnehmen. Sie parkte in der Nähe ihrer Wohnung auf einem Anwohnerparkplatz. Ihre Wohnung lag genau zwischen dem Parkplatz und dem Café. Sie warf einen Blick zu ihren Fenstern hinauf. Die Pflanzen, die auf dem Boden am Fenster standen, waren nicht mehr so schön, wie sie diese vor einiger Zeit zurückgelassen hatte. Sie hingen nur noch trist und vertrocknet herunter. Dass sie überhaupt so lange durchgehalten hatten, wunderte sie. Sie hätte hinaufgehen und die Pflanzen gießen können, doch sie wusste, dass sie dann in alte Gedanken versinken und nicht mehr in den Park fahren würde. Riko passte es ohnehin nicht, wenn sie in ihrer Wohnung war, um nach dem Rechten zu sehen. Er meinte immer, sie halte sich zu lange dort auf und warf ihr vor, dass sie die Zeit, die sie dort als Single verbracht hatte, vermissen würde. Er hatte nicht einmal unrecht. Doch das sagte sie ihm nie. Er versuchte in den letzten Wochen immer wieder sie zu überreden die Wohnung aufzugeben. Sie hatten oft Streit deswegen. Das waren eines der wenigen Dinge, die er ihr bisher nicht nehmen konnte. Sie verdienten beide genug Geld, sodass sie sich auch zwei Wohnungen leisten konnten.

Gerade nach dem jüngsten Vorfall war sie mehr denn je davon überzeugt, dass es richtig war sie zu behalten, denn er hatte sich wieder einmal nicht unter Kontrolle. Sie stand ihm scheinbar im Weg, als er von seinem Sofa aufstand und an ihr vorbei wollte. Er stieß sie einfach zur Seite, sodass sie über den Tisch fiel und mit dem Gesicht auf dem Boden aufschlug. Ein roter Fleck zierte seinen Teppich, als Linnywi den Kopf hob. Ihre Nase blutete. Riko war völlig außer sich wegen des Blutfleckes. Natürlich entschuldigte sie sich dafür und versuchte, den Fleck so gut es ging zu entfernen.

Sie schüttelte kurz ihren Kopf und versuchte, nicht mehr daran zu denken. Mit einem Kaffee bewaffnet, schlenderte sie mit Chi durch den Park. Der Hund genoss den Spaziergang sichtlich. Er wälzte sich im grünen Gras, tollte herum und schnappte nach kleinen Insekten. An Linnywis Lieblingsplatz, direkt unter einer großen Eiche, machten sie es sich gemütlich. Sie liebte den Geruch von frisch gemähtem Gras und konnte spüren, wie ihr Körper von Kopf bis Fuß entspannte. Für einen Moment vergaß sie den Stress, dem sie zuhause permanent ausgesetzt war. Und endlich hatte sie die Möglichkeit, über den morgendlichen Schrecken nachzudenken. Innerhalb von Sekunden bildeten sich die beiden Streifen auf dem Test. Seit drei Wochen war sie mit ihrer Periode überfällig. Sie hatte Riko noch nichts von ihrer Vermutung erzählt, um ihm nicht noch mehr zur Last zu fallen. Eine Schwangerschaft war das Letzte, was sie gebrauchen konnten. Doch ändern konnte sie es jetzt nicht mehr. Sie hatte in den letzten Wochen genug Zeit, sich mit dem Gedanken auseinanderzusetzen. Und irgendwie freute sie sich schon insgeheim auf das Baby. Sie strich sich über ihren Bauch. Sie spürte von Anfang an, dass irgendetwas in ihrem Körper vorging. Vielleicht war es bei werdenden Müttern Intuition. Rückblickend war sie sich schon sicher, als sie feststellte, dass sie über ihren Zyklus hinaus war und die Möglichkeit einer Schwangerschaft bestehen könnte. Wie würde es wohl sein, ein Kind zu haben? Sie stellte sich vor, wie sie das Baby in ihren Armen wiegen, irgendwann Fußball spielen oder mit

Puppen Tee trinken würde. Das Zimmer würde sie wohl typisch in blau oder rosa gestalten. Wunderschöne Babykleidung würde einen riesigen Kleiderschrank einnehmen. Stundenlange Kuschelrunden mit ihrem Kind würden den Alltag bestimmen. Wie würde wohl der erste Schultag werden? In welche berufliche Richtung würde sich ihr Kind entwickeln? All diese Fragen konnte sie sich nicht beantworten. Doch eines wusste sie. Sie würde schon jetzt, obwohl es noch so winzig in ihrem Bauch war, für dieses Kind sterben. Sie musste unbedingt mit Riko reden. Vielleicht war an diesem Abend der richtige Zeitpunkt dafür. Möglicherweise würde die Beziehung wieder an Stabilität und Liebe gewinnen, wenn sie sich gemeinsam auf dieses Wunder der Natur freuen konnten.

Sie schaute auf ihr Handy und stellte erschrocken fest, dass bereits drei Stunden vergangen waren, seit sie die Wohnung verlassen hatte. Sechs Anrufe von Riko und zwei Nachrichten zeigten ihr das Display ihres Handys an. Sie musste unter der Eiche eingenickt sein. Auch Chi regte sich während der ganzen Zeit nicht. Das Klingeln des Telefons hatte sie überhaupt nicht gehört. Wahrscheinlich war Riko sehr wütend. Sie öffnete die Nachrichten auf dem Handy.

14:02 Uhr: Linny, wo bleibst du, verdammt?!

14:43 Uhr: Scheiße, Linny! Warum meldest du dich

nicht? Wo bist du???

Sie wusste, dass diese Nachrichten nichts damit zu tun hatten, dass er sich sorgte. Nein, es war wahrscheinlicher, dass er es nicht ertragen konnte, nicht zu wissen, wo genau sie sich aufhielt. Linnywi hatte ihm zwar gesagt, dass sie im Park sei, doch der war groß. Eigentlich wunderte sie sich, dass er ihr nicht gefolgt war, um zu kontrollieren, was sie dort trieb. Seine Eifersucht war unerträglich und völlig unbegründet.

„Linny, sei nicht dumm. Geh' nicht zurück. Lauf. Lauf weg!"

Was redete sie? Wohin hätte sie auch laufen sollen? Linnywi schaute sich um. Sollte sie jetzt laufen? Kam gerade eine Gefahr auf sie zu? Sie verstand nicht, was ihre innere Stimme ihr sagen wollte.

Das laute Hupen des LKW hinter Linnywis Wagen riss sie aus ihren Gedanken. Die Ampel schien bereits seit einigen Sekunden grün zu leuchten. Weitere Sekunden vergingen, bis sie endlich losfuhr. Ihr Körper zitterte und die feuchten Hände glitten immer wieder vom Lenkrad. Sie konnte sich kaum noch auf den Verkehr konzentrieren. Angstgefühl stieg auf. Angst davor, zu Riko zu fahren. Doch irgendetwas trieb sie trotzdem dazu. Riko hatte eine seltsam dominante Präsenz. Vor allem, wenn er wütend war. Er schaffte es immer wieder, alles solange zu diskutieren, bis sein Gegenüber klein beigab. Oft entschuldigte sie sich für Dinge, für die sie im Grunde nichts konnte, nur damit er aufhörte, sie weiter zu tyrannisieren.

Vor dem Fabrikgebäude, in dem sich Rikos Wohnung befand, blieb sie noch einen Moment im Auto sitzen. Ihr Puls raste und musste sich erst wieder normalisieren, bevor sie Riko gegenübertreten konnte. Er würde spüren, dass sie vor Angst bebte. Sie wollte ihm die Genugtuung nicht geben. Doch sie schaffte es nicht, sich zu beruhigen. Sie musste das jetzt durchstehen. Das Treppenhaus war ihr mittlerweile vertrauter geworden. Linnywi wusste jetzt, dass diese Stimmen nicht aus dem Haus kamen, sondern aus ihrem eigenen Kopf. Die Angst, jemand könnte hinter der nächsten Ecke stehen und ihr ein Brecheisen über den Kopf schlagen, war verflogen. Obwohl sie sich manchmal wünschte, dass jemand sie einfach aus diesem Leben riss. Irgendjemand, der sie befreien würde. Sie selbst brachte es nicht zustande, sich etwas anzutun. Das Leben, das sie einmal hatte, gab es nicht mehr. Die Stunden, die sie im Büro verbrachte, bekam Linnywi schon gar nicht mehr mit. Immer öfter überkamen sie diese Blackouts. Minuten, manchmal Stunden, in denen sie nicht wusste, was passiert war. Die Erinnerungen waren einfach nicht da. Wenn sie diese Aussetzer in Rikos Anwesenheit hätte, wäre es für sie nicht so schlimm gewesen, denn dann hätte sie seine Launen nicht ertragen müssen. Irgendetwas löschte einige Ereignisse einfach aus ihrem Gedächtnis. Gerne hätte sie gewusst, ob sie während der Blackouts schöne Stunden hatte. Vielleicht war sie im Park gar nicht eingenickt, sondern hatte einen Blackout. Doch warum?

Als Linnywi den Schlüssel in die Tür steckte, wurde diese mit einem Ruck aufgerissen. Riko stand vor ihr und starrte sie hasserfüllt an. Diesen Ausdruck in seinem Gesicht würde sie wohl nie vergessen. So stellte sie sich immer den Blick von jemandem vor, der jeden Moment einen Menschen tötete. Sie fragte sich, ob sie diesen heutigen Tag überleben würde.

Riko sagte kein Wort. Er griff brutal in ihre langen Haare, wickelte sie sich einmal um die Hand und zog sie in die Wohnung hinein. Die Tür schmiss er mit einem kräftigen Schwung zu. Das Knallen, das durchs ganze Gebäude schallte, musste noch draußen auf der Straße zu hören gewesen sein. Sie stolperte, doch das interessierte ihn nicht. Er zog sie weiter an den Haaren hinter sich her. Linnywi konnte sich nicht auf den Beinen halten. Ihr Herz raste und die Schmerzen auf ihrer Kopfhaut wurden unerträglich. Sie atmete schnell, viel zu schnell. Sie hatte große Angst vor dem, was sie zu erwarten hatte. Er zog sie ins Bad und trat mehrmals auf sie ein, während er sie noch immer am Haarschopf festhielt. Linnywis intuitive Reaktion zwang sie, sich wie ein Embryo einzurollen, um so ihren Bauch zu schützen. Den Kopf versuchte sie verzweifelt mit ihren Händen vor den Schlägen und Tritten abzuschirmen. Er ließ ihr Haar los und sie knallte mit ihrem Kopf auf den Boden. Wenn er sie jetzt windelweich schlagen würde, sollte zumindest dem kleinen Leben unter ihrem Herzen nichts passieren.

„Du kleine Hure! Mit wem warst du im Park!?" Er wollte nicht wirklich eine Antwort darauf. Er brauchte einen Grund, um seiner Wut freien Lauf lassen zu können. Vielleicht auch, um sein Handeln zu rechtfertigen.

„Ich weiß, dass du nicht alleine warst, du Schlampe!"

„Riko. Hör auf. Du tust mir weh", flehte sie ihn an.

Doch in seiner Rage nahm Riko nichts mehr wahr. Als er ihr in den Rücken trat, löste sie sich reflexartig aus ihrer zusammengerollten Haltung. Die Gelegenheit nutze Riko, um sich mit seinem vollen Gewicht auf ihren zarten Körper zu setzen. Von oben herab schlug er ihr immer wieder ins Gesicht. Mal mit der flachen Hand, mal mit der Faust. Das Gesicht fühlte sich nass an. Ein metallisch-süßlicher Geschmack von Blut machte sich in ihrem Mund breit. Sie atmete immer noch unkontrollierbar schnell. Ihr Brustkorb schnürte sich bis zur Luftröhre zusammen und ein Erstickungsgefühl überkam sie. Sie spürte, dass sich eine Flüssigkeit zwischen ihren Beinen ausbreitete. Es war Blut. Riko schien es nicht zu bemerken, oder er war in diesem Moment, in seiner Wut, nicht fähig es zu erkennen. Das kleine Lebewesen in ihrem Bauch war jetzt in großer Gefahr. Vielleicht war es schon zu spät. Sie wollte nicht mehr leben. Mit etwas Glück würde er sie totschlagen und sie hoffte nur noch, dass es schnell ging. Dann wäre sie endlich frei. Sie ergab sich Rikos Schlägen. Ihre Seele schrie, doch ihr Körper wehrte sich nicht mehr. Linnywi sah Riko in die Augen. Ihr Atmen wurde schlagartig ruhig und flach. Vor ihren Augen wurde es nebelig und Rikos Gesicht wurde unklar. Sie schloss ihre Lider. Es wurde dunkel.

„Wach auf, mach die Augen auf. Du musst leben. Wir müssen leben. Es ist noch nicht an der Zeit."

Wo bin ich? Der dunkle Raum. Was ist passiert? Es wirkt bedrohlich hier, aber ich habe keine Angst. Es ist so ruhig und friedlich. Der Spiegel. Er muss einen Sinn haben. Ob ich hineinsehen soll? Nein, ich traue mich nicht. Was werde ich dort vorfinden? Es ist nur ein Spiegel. Wahrscheinlich werde ich nichts weiter sehen, als mein eigenes Spiegelbild. Und wenn es kein Spiegel ist? Ich tue es einfach, es ist schließlich nur ein Traum. Wenn ich mich auf den hübschen Hocker setze, werde ich besser hineinsehen können. Ich sehe mich. Was für ein merkwürdiger Anblick. Ich sehe mein Gesicht, doch nicht meine Mimik. Das Spiegelbild schaut mich nur regungslos an. Ich fühle mich geborgen, wie damals, als Mutter noch lebte und mich in den Arm nahm. Was geht hier nur vor?

„Hallo Linny. Erinnerst du dich an mich? Ich rede oft zu dir, aber du antwortest mir nicht. Hättest du mir zugehört, wärst du nicht in dieser Lage."

Das Spiegelbild spricht zu mir. Was für eine beruhigende Stimme sie hat, wie Mutter.

„In welcher Lage? Wer bist du?"

„Ich bin du, Linny. Ich heiße Joy. So wie Mutter dich genannt hat, als sie noch da war."

Ich bin verwirrt. Die Person in dem Spiegelbild bin ich, aber auch wieder nicht. Was ist hier nur los? Ist das meine Seele, meine Persönlichkeit? Doch sie ist anders als ich und wer bin dann ich, wenn Joy meine Seele ist?

„Bist du meine Seele?"

„Ja, Linny. Eine von ihnen."

„Eine von ihnen? Wie kann das sein? Jeder Mensch hat nur eine Seele."

„Du irrst dich. Wenn wir an die Grenzen des Erträglichen gehen, passiert es manchmal, dass wir weitere Seelen erschaffen, um zu überleben, verstehst du? Die Seele ist es, die den Menschen am Leben erhält."

„Mein Herz erhält mich am Leben, nicht die Seele!"

„Herzen sind austauschbar. Viele Organe, die unseren Körper am Leben erhalten, sind austauschbar, Linnywi. Eine Seele nicht."

Zwei Seelen, gefangen in einem Körper. Die Stimme der Seele, die ich so oft hörte und dessen Warnungen ich ignorierte. Ich kann es nicht glauben. Das ist unnatürlich. War sie auch für meine Blackouts verantwortlich?

„Mach dir keine Sorgen, Linnywi. Ich werde alles in Ordnung bringen."

„Was wirst du in Ordnung bringen?"

Nein, der Spiegel wird dunkel und leer.

„Bleib hier, Joy! Beantworte meine Frage! Was wirst du in Ordnung bringen?"

Doch der Spiegel bleibt schwarz, wie dieser Raum in dem ich mich befinde. Es ist so still.

ERLORENES LEBEN

„Sie wird ein paar Tage brauchen, bis sie wieder auf den Beinen ist."

Noch nie hatte Clara ihre Schwester in solch einem Zustand gesehen. Sie hatte in letzter Zeit geahnt, dass irgendetwas mit Linnywi nicht stimmte. Sie meldete sich plötzlich nur noch einmal in der Woche. Vorher hatten sie fast täglich telefoniert. Irgendwann riss es ein und sie hatten nur noch kurzen Telefonkontakt oder haben sich ein paar Nachrichten geschrieben. Sie spürte bei ihren Gesprächen mit Linnywi, dass etwas nicht in Ordnung war. Ihre Schwester hatte schon einmal eine ähnliche Phase, in der sie sich zurückzog und kaum jemanden an sich heranließ. Nach dem Tod ihrer Eltern war Linnywi am Boden zerstört. Es hatte sie extremer mitgenommen als Clara. Lange Zeit war sie für ihre Schwester stark gewesen. Dadurch hatte Clara selbst in dieser Zeit nie richtig Gelegenheit mit dem Verlust abzuschließen. Erst als sie Ben kennenlernte, half er ihr über den Tod der Eltern hinweg zu kommen. Er war es, der ihr immer wieder klarmachte, dass Linnywi erwachsen war und keinen Mutterersatz brauchte. Doch Clara hatte immer das Gefühl, sich um ihre Schwester kümmern zu müssen. Vor allem den Tod ihrer Mutter hatte Linnywi nie richtig verkraftet. Die Beziehung zwischen der älteren Schwester und der Mutter war von einer besonderen Art. Nicht, dass die Mutter Linnywi bevorzugt oder lieber gehabt hätte, doch es bestand immer eine ganz spezielle Bindung zwischen den beiden. Clara hatte sich als Kind schon damit abgefunden und kam sehr gut damit klar. Sie war ohnehin eher ein Papakind.

„Wie lange wird es dauern? Wird sie irgendwelche Folgeschäden behalten?", Clara sah zu ihrer Schwester. Der Anblick war kaum zu ertragen. Linnywis Gesicht war angeschwollen. Ihre rechte Gesichtshälfte war dunkelblau, schon fast lila gefärbt. Unter ihrem linken Auge musste eine üble Platzwunde genäht werden. Eine ihrer unteren Rippen war gebrochen und... Clara konnte ihre Tränen nicht mehr bei sich behalten.

„Es wird eine Weile dauern. Körperlich wird sie sich

wieder völlig erholen. Fraglich ist, wie sie das psychisch wegstecken wird. Ich bin mir sicher, dass das, was der Lebensgefährte ihrer Schwester den Ersthelfern erzählt hat, passt nicht zu ihren Verletzungen."

Clara war verwirrt.

„Was meinen Sie damit, Doktor? Zweifeln Sie an der Geschichte?"

„Herr Schütt hat behauptet, ihre Schwester sei im Bad ohnmächtig geworden und mit dem Gesicht auf das Waschbecken gefallen, bevor sie zu Boden gestürzt ist."

Doktor Brauner zog die Augenbrauen nach oben und atmete tief durch, bevor er fortfuhr.

„Sehen Sie..."

Der Arzt ging auf Linnywis Krankenbett zu, in dem sie friedlich zu schlafen schien und zeigte auf die Wunden an ihrem Kopf.

„Die Verletzungen ihrer Schwester sind über den ganzen Kopf verteilt. Wenn sie wegen eines Ohnmachtsanfalls gestürzt wäre, hätte sie an der Aufprallstelle eine Verletzung. Ihre Schwester ist jedoch nicht nur am Kopf, sondern am ganzen Körper mit Hämatomen übersät. Viele davon sind schon älter. Überall hat sie Kratzer und kleinere Wunden. Dann die große Platzwunde im Gesicht und die gebrochene Rippe. Außerdem der Abort, der vermutlich durch eine Stresssituation oder äußerliche Gewalteinwirkung zustande kam."

Er machte eine kleine Pause, bevor er weitersprach.

„Wenn Sie mich fragen, ist ihre Schwester so zugerichtet worden und hat infolgedessen das Bewusstsein verloren."

Clara hielt sich schockiert die Hand vor den Mund, als würde sie einen Schrei unterdrücken wollen. Sie hatte Linnywi nur gesehen, als sie bereits verarztet in ihrem Krankenbett lag. Sie konnte somit also nicht viel erkennen, außer ihr Gesicht. Den Rippenbruch und das mit der Schwangerschaft hatte ihr eine Schwester knapp mitgeteilt, bevor der Arzt hinzukam. Dass es so schlimm um sie stand, war ihr nicht bewusst. Sie machte sich große Sorgen. Wie würde Linnywi das mit dem Baby verkraften? Sie liebte Kinder. Als sie selbst noch klein war, wollte sie immer Kinderkrankenschwester oder Kindergärtnerin werden. Durch Beziehungen kam sie an eine Ausbildung zur Bürokauffrau und so nahm ihre berufliche Laufbahn einen eigenständigen Weg. Nach ihrer Ausbildung machte sie ihren Betriebswirt und nun war sie Abteilungsleiterin mit einem zehnköpfigen Team unter sich. Für Kinderplanung war in Linnywis Leben bisher keine Zeit und der richtige Mann dazu fehlte ihr auch bisher. Eigentlich hatte sie ja auch noch Zeit damit. Doch wie es ist ein Kind zu verlieren, konnte Clara sich nicht einmal annähernd vorstellen.

„Ich muss zu meinem nächsten Patienten. Wenn Sie irgendetwas brauchen, geben Sie Bescheid. Ihre Schwester wird bald aufwachen."

„Danke, Doktor Brauner."

Sie sah ihm hinterher, während er den Raum verließ. Clara konnte ihre Tränen nicht unterdrücken. Sie machte sich Vorwürfe, dass sie nicht hartnäckiger bei Linnywi nachgehakt hatte, als sie sich immer seltener meldete. Sie hätte es doch besser wissen müssen.

Clara nahm sich einen Stuhl von dem Besuchertisch im Zimmer und setzte sich neben das Bett.

Linnywi nahm zwei Stimmen wahr. Die eine kannte sie nicht. Doch die andere Stimme war ihr vertraut. Eine Träne floss durch ihre geschlossenen Lider an der Schläfe runter. Nicht, weil sie traurig war. Es war der liebliche Klang dieser Stimme. Nichts wünschte sie sich sehnlicher, als ihre Schwester bei sich zu haben. Seit ihre Eltern bei diesem schrecklichen Autounfall ums Leben kamen, war Clara ihre ganze Familie, bis Ben dazu kam. Sie hatte ihn liebgewonnen wie einen Bruder. Ihre Schwester hätte es mit Ben nicht besser treffen können.

Es fiel ihr schwer, der Unterhaltung zu folgen. Sie war noch sehr benommen. Linnywi konnte sie hören, verstand jedoch die Worte nicht. Wie gerne wäre sie aufgesprungen um zu rufen: „Hey! Was ist hier eigentlich los?" Doch ihr Körper rührte sich nicht. Sie war in sich gefangen. Sie hörte Clara schluchzen. Irgendetwas Schlimmes musste geschehen sein. Verdammt, warum konnte sie sich nicht erinnern? Wie ein Schlag durchfuhr ein stechender Schmerz das Innere ihres Kopfes. Sie versuchte, ihre Augen zu öffnen. Das grelle Licht stach wie Nadeln in ihre Pupillen. Endlich gehorchte ihr Körper wieder. Nicht so optimal, wie sie es sich wünschte, aber zumindest reagierte er auf ein paar Befehle. Nur durch einen kleinen Spalt zwischen ihren Wimpern sah sie, dass sie sich in einem Bett befand. Der Bettdeckenbezug war farblich in weißgelb gehalten. Wobei weiß dominierte. Wo war sie und was war passiert? Das letzte an was sie sich erinnerte war, dass sie mit Chi im Park gewesen war. Sie hatten es sich unter der Eiche gemütlich gemacht. Doch wie war sie hierhergekommen? Ihr Körper schmerzte. Die schlimmsten Schmerzen nahm sie aus ihrer Bauchgegend wahr. An ihren Armen hingen Kabel und Schläuche, die zu irgendwelchen Überwachungsgeräten und Infusionsflaschen führten.

Plötzlich kam ihr ein Gedankenblitz. In ihr wuchs Leben. War mit ihrem Baby alles in Ordnung? Hoffentlich war nichts passiert. Sie würde es sich nie verzeihen, wenn ihrem Kind etwas zugestoßen war. Sie wunderte sich, welch' tiefe Verbundenheit sie seit der ersten Minute zu diesem Kind hatte, das sich unter ihrem Herzen zu entwickeln und heranzuwachsen versuchte.

Sie erkannte, dass zwei verschwommene Gestalten auf sie zukamen. Die unbekannte Stimme schien ein Arzt zu sein. Sein weißer Kittel verriet ihn. Schemenhaft konnte sie erkennen, dass er sehr groß war und silbergraues, kurzes Haar trug. Die andere Person war Clara, zweifellos. Ihre Stimme, ihre Bewegungen und ihre Statur waren ihr sehr vertraut. Sie unterhielten sich über etwas, was Linnywi jedoch nicht verstand.

Als der Arzt gegangen war, hatte Clara sich über sie gebeugt und ihr einen Kuss auf die Stirn gegeben. Sie fühlte, dass Claras Gesicht feucht von Tränen war. Dann hatte sie sich auf den Stuhl gesetzt, den sie neben Linnywis Bett gestellt hatte.

„Clara", flüsterte sie heiser.

Wieder kamen Linnywi Tränen der Erleichterung.

„Hey. Wie fühlst du dich?" fragte Clara besorgt. Wie sie sich fühlte, war ihr in diesem Moment egal. Sie wollte wissen, ob es ihrem Kind gut ging.

„Was ist mit meinem Baby? Wo ist Chi? Wo bin ich?"

Sie brachte die Wörter nur undeutlich heraus und hoffte, dass Clara sie trotzdem verstand. Ihr Mund war trocken und ihre Lippen spannten.

Clara konnte ihr Schluchzen nicht unterdrücken.

Selten sah Linnywi sie weinen. Tränen liefen aus Claras Augen an den Wangen bis zu ihrem Kinn hinunter und fielen sogleich tropfend auf Linnywis Hand, die Clara festhielt.

„Du bist in einem Krankenhaus. Du hast schlimme Verletzungen. Ruh' dich erst einmal aus. Ich komme später noch einmal wieder. Ich besorge dir ein paar Wechselsachen."

Sie gab Linnywi erneut einen Kuss und verließ das Krankenzimmer. Warum ließ Clara sie in diesem Ungewissen? Sie wollte doch nur wissen, was mit ihrem Baby war? Doch eigentlich ahnte sie es schon. Claras Reaktion und die Tatsache, dass sie ihre Frage ignorierte, sagten ihr, dass irgendwas nicht stimmte. Etwas Schlimmes war passiert. Sie kannte Clara gut. Sie war sich sicher, dass sie ihr etwas verheimlichte. Linnywi schloss die Augen wieder. Warum war sie nicht einfach gestorben? Ein dicker Kloß bildete sich in ihrem Hals. Sie weinte sich in den Schlaf.

Als Clara das Krankenzimmer verließ, setzte sie sich noch einen Moment in den Besucherbereich und ließ ihren Tränen freien Lauf. Glücklicherweise war gerade niemand in der Nähe, der sie so hätte sehen können. Sie hatte Angst davor, dass ihre geliebte Schwester wieder in ein tiefes Loch fallen würde. Warum hatte das

Arschloch so etwas getan. Was ging nur in diesem Menschen vor? Vielleicht sollte sie die Polizei benachrichtigen. Sie wollte nicht, dass dieses Ungeheuer einfach so davonkommt. Linnywi würde ihn gewiss nicht anzeigen, um ihn nicht noch wütender zu machen. Doch ohne eine Aussage von Linnywi, würde erst gar keine Anzeige zustande kommen und Riko hatte nichts zu befürchten. Clara selbst war nicht dabei und sie war auch nicht das Opfer. Die Polizei würde sagen, dass es alles nur Vermutungen wären. Sie beschloss, Ben anzurufen. Er hatte in jeder Situation stets einen klaren Kopf und ihr schon bei manchen schwierigen Entscheidungen geholfen. Er konnte die Dinge immer sehr nüchtern beurteilen.

„Hey, ich bin's."

„Na? Wie geht's ihr?", fragte Ben besorgt.

„Sie lebt, Ben. Sie hat schlimme Wunden. Er hat ihr das mit voller Absicht angetan."

Der Kloß in Claras Hals schien immer größer zu werden und sie hatte das Gefühl, jemand würde ihr die Luft zum Atmen nehmen.

„Was?", fragte Ben entsetzt.

„Ben, sie war schwanger!", Clara versuchte das Schluchzen zu unterdrücken, was ihr nicht gelang.

„Scheiße. Clara, das tut mir leid. Dieses verdammte Arschloch! Ich sollte ihn besuchen und ihm seine

Gedärme aus dem Körper reißen!"

Clara bekam sich wieder unter Kontrolle.

„Nein, Ben. Mach' nichts Unüberlegtes. Das bist nicht du, und das Schwein ist es nicht wert."

Nach einer kurzen Pause sprach sie weiter.

„Linnywi braucht Wechselsachen. Sie hat alles bei Riko und Chi ist auch noch dort. Der Hund kann keine Minute länger bei ihm bleiben."

„Das verstehe ich... Pass auf. Ich hole dich am Krankenhaus ab und wir fahren gemeinsam zu Rikos Wohnung. Ich möchte nicht, dass du alleine zu ihm fährst. Ich werde dich begleiten, hörst du?"

„Okay. Ich stehe oben neben den Kurzzeitparkplätzen. Da kannst du mich einsammeln. Bis gleich."

Clara machte sich Sorgen, ob Ben in dieser Situation seine Souveränität behielt. Linnywi war ihm wie eine Schwester ans Herz gewachsen und er wusste, wie sehr Clara sie liebte. Sie traute ihm durchaus zu, dass er jemanden, der *seinen Mädels* etwas antat, nicht ungeschoren davonkommen ließ. Sie hatte ihn noch nie wirklich wütend erlebt, doch sie wusste, wenn es um die Familie ging, verstand er keinen Spaß mehr. Sie beschloss, darauf zu vertrauen, dass Ben keine Dummheiten machte.

Langsam öffnete Linnywi ihre Augen. Sie hatte das

Gefühl, allmählich klarer denken zu können. Ihr Körper bewegte sich wieder, wie sie es ihm befahl, doch jede Bewegung schmerzte. Nach und nach überkamen sie unscharfe Schnipsel der Erinnerungen. Sie vermisste Clara. Im Zimmer stand ein weiteres Bett. Es war frisch bezogen und mit einer Schutzfolie versehen. Linnywi war erleichtert, dass sie das Zimmer, zumindest vorerst, für sich alleine beanspruchen konnte und war froh, dass sie den Fensterplatz bekommen hatte. So konnte sie hinaussehen und die Menschen beobachten. Der direkte Blick auf die Zufahrt der Notaufnahme und der Cafeteria des Krankenhauses würde spannender werden, als in einen langweiligen, unbelebten Krankenhauspark zu schauen. Im Gegensatz zu heute Morgen war sie jetzt nur noch mit einem Infusionsschlauch verbunden. Sie fragte sich, was sie ihr wohl gaben. Schmerzmittel konnten es nicht sein, denn sie hatte Schmerzen am ganzen Körper.

„Das ist ein Vitamincocktail und etwas gegen deine Schmerzen." Clara stand plötzlich im Raum, ohne dass Linnywi sie hereinkommen hörte.

„Etwas gegen Schmerzen? Dann war das aber ein Lieferant, der das Krankenhaus beschissen hat. Das Zeug wirkt nicht."

Clara schmunzelte.

„Schön, dass du schon wieder Witze reißen kannst,

meine Süße. Ich habe dir etwas mitgebracht."

Sie packte allerhand Zeug aus ihrer Tasche. Süßkram, Zeitschriften, Wasserflaschen und noch ein paar Wechselsachen.

„Was ist mit meinem Baby?"

Es wurde still im Zimmer. Linnywi sah Clara nicht an. Sie sah, ohne eine Regung in ihrem Gesicht, aus dem Fenster und beobachtete einen Krankenwagen, der mit Blaulicht durch die Einfahrt in Richtung Notaufnahme fuhr. Sie kannte das Gelände. Sie selbst war in dieser Universitätsklinik geboren und Rebecca, eine Freundin, hatte hier im letzten Jahr ihr Baby zur Welt gebracht. Es war ein süßer Junge und sie war die Erste, abgesehen von Rebecca und ihrem Mann, die das Baby halten durfte. Es war herrlich dieses kleine Bündel, voll mit dem Wunder der Natur, in den Armen zu halten. Wenn sie schon so sehr mit Liebe gefüllt war, als sie das Kind ihrer Freundin hielt, wie hätte sie sich dann erst als Mutter gefühlt, die ihr eigenes Baby zum ersten Mal im Arm hielt?

Kein Knistern der Verpackungen, kein Rascheln der Zeitschriften und kein Geräusch von hektischen Schritten, die zwischen Linnywis Krankenbett, dem Kleiderschrank und dem Bad hin und her huschten. Clara stand wie angewurzelt neben dem Kleiderschrank.

„Hat er es getötet?"

Clara zögerte einen Moment. Doch irgendwann musste Linnywi es ja erfahren.

„Das Baby hat es nicht geschafft, Linny." Lange Sekunden vergingen.

„Er wird dafür bezahlen."

Ein kalter Schauer lief Clara den Rücken hinunter. Die sonst so sanfte und liebevolle Stimme ihrer Schwester hatte nun etwas beunruhigend Bösartiges. Linnywi wandte ihren Blick von dem Fenster ab und starrte Clara an, ohne jegliche Emotionen zu zeigen. Etwas, was die jüngere Schwester nicht hätte erklären können, hatte sich an Linnywi verändert. So kannte sie ihre Schwester nicht. Diese Stimmlage und dieser durchdringende Blick waren ihr fremd. Ein Unbehagen überkam sie. Sie versuchte jedoch, sich nichts anmerken zu lassen.

„Es tut mir so leid, Linny. Warum hast du damals nichts gesagt? Du hättest doch mit mir und Ben reden können. Wenn ich gewusst hätte, dass...", sie kam nicht dazu, weiterzusprechen, da Linnywi ihr ins Wort fiel.

„Willst du uns damit sagen, dass es unsere Schuld ist?", fragte sie mit eisiger Kälte in der Stimme.

Sie starrte Clara in die Augen. Clara fühlte sich, als würde sie jeden Moment von einem bösartigen Wolf angegriffen und in tausend Teile zerfetzt. Noch immer fand sie keine Regung im Gesicht ihrer Schwester. Ja, sie hatte das Gefühl, sie würde in ein totes Gesicht schauen.

Linnywis funkelnde Augen drangen förmlich durch Clara hindurch, was sie nervös machte.

„Linny! Natürlich ist es nicht deine Schuld. Was ist nur los mit dir?"

Sie versuchte, dem durchdringenden Blick ihrer Schwester standzuhalten. Wieder war es für einen Moment totenstill im Raum. Es lag eine unangenehme Spannung in der Luft.

Plötzlich klopfte es laut an der Tür, die sich zeitgleich öffnete. Clara zuckte vor Schreck zusammen und pustete dann die angestaute Luft erleichtert aus ihren Lungen. Zwei Männer betraten den Raum. Clara erkannte den Mann, der das Zimmer zuerst betrat. Sie hatte auf dem Polizeirevier bereits kurz mit ihm gesprochen, nachdem sie und Ben bei Riko gewesen waren, um ein paar von Linnywis Sachen abzuholen. Riko hatte auf ihren plötzlichen Besucht gereizt reagiert und war offenbar nicht einverstanden damit, dass sie da waren. Er musste geahnt haben, dass Clara und Ben dafür sorgen würden, Linnywi von ihm fernzuhalten. Nachdem, was der Arzt ihr erzählt hatte und anhand Linnywis Verhalten in letzter Zeit, hatte sie eins und eins zusammengezählt. Clara hielt Riko für einen unberechenbaren Mann, der über Leichen gehen würde, um seine eigenen Interessen zu vertreten.

Ben hatte ein Ablenkungsmanöver gestartet und sich

Riko zur Seite genommen, um mit ihm über das Geschehene zu sprechen. So hatte Clara die Möglichkeit, Linnywis Sachen ungestört einzupacken. Chi nahm sie ebenfalls mit. Der Hund war dort genauso wenig sicher, wie Linnywi es war. Ben erzählte ihr später, dass Riko tatsächlich versucht hatte, ihm die Geschichte mit dem Ohnmachtsanfall aufzutischen und sich als Held aufspielte, weil er sofort einen Krankenwagen gerufen hatte. Ben merkte jedoch sehr schnell, dass Riko ihm nicht die ganze Wahrheit erzählte. Er hatte gute Menschenkenntnisse und merkte sofort, wenn er belogen wurde. Nachdem auch Ben davon überzeugt war, dass seine Geschichte Bullshit war, waren sie zur Polizei gefahren und hatten versucht, Riko anzuzeigen. Dort wurden sie dann von dem Beamten Schröder informiert, dass sie erst selbst mit Linnywi sprechen mussten, bevor irgendwas in Gang gesetzt werden könnte.

„Guten Tag! Kriminalpolizei. Mein Name ist Frank Schröder und das ist mein Partner, Paul Weineck."

Schröder, selbst ein großer und kräftig gebauter Mann, zeigte auf seinen schmächtigen Kollegen mit Schnurrbart neben ihm, der mindestens zehn Jahre älter war als er. Weineck sprach kein Wort und nickte Linnywi nur zu.

„Wir haben ein paar Fragen an Sie, Frau Landmair.

Können wir kurz mit Ihnen reden?"

Linnywi sah Clara verwirrt an, willigte jedoch mit einem Nicken ein.

Schröder nahm sich einen Stuhl und setzte sich neben ihr Bett. Weineck blieb in der Nähe der Tür stehen und machte den Eindruck, als würde er sie bewachen wollen. Linnywi richtete sich in eine bequeme Position, während ihr Blick immer wieder zwischen Clara und Schröder wechselte. Der bösartige Gesichtsausdruck und die plötzlichen Veränderungen waren so schnell verschwunden, wie sie gekommen waren.

„Ich bin gleich wieder da", sagte Clara und verließ das Zimmer.

Als Clara die Tür hinter sich schloss, hielt sie einen Moment inne und atmete tief durch. Linnywi hatte sich verändert. Sie nahm den Verlust ihres Babys so kaltherzig hin. Und was meinte sie wohl, als sie sagte „Er wird dafür bezahlen"? Sie hoffte, dass Linnywi nichts Unüberlegtes tun würde. Zu diesem Zeitpunkt wusste sie schließlich noch nicht, dass Clara bei der Polizei gewesen war. Vielleicht würde ihre Schwester mit Schröder über das Geschehene sprechen. Sie würde es sicher bald wissen und nahm sich vor, dem Satz nicht zu viel Aufmerksamkeit zu schenken. Clara musste jedoch in Zukunft ein Auge auf ihre Schwester werfen, so wie damals. Sie vermutete auch, dass Riko nicht lange auf sich warten lassen, und schon sehr bald im Krankenhaus auftauchen würde. Clara hoffte, dass Linnywi sich nicht von ihm überreden ließ, zu ihm zurückzukehren. Nicht, nachdem er ihr das angetan hatte.

„Frau Landmair, Ihre Schwester war heute bei uns. Sie vermutet, dass Sie ein Opfer häuslicher Gewalt geworden sind. Können Sie uns sagen, was passiert ist?"

Der Beamte schaute Linnywi erwartungsvoll und gleichzeitig voller Mitgefühl an. Es war nicht zu übersehen, dass sie schlimm zugerichtet wurde. Die Beamten hatten Erfahrung mit solchen Fällen. Sie wussten aber auch, dass nur ein geringer Teil der Opfer ihre Peiniger anzeigten.

„Ich kann Ihnen leider nicht viel sagen. Ich kann mich kaum erinnern. Ich weiß, dass ich von einem Spaziergang nach Hause kam und... an mehr kann ich mich nicht erinnern."

Linnywi drehte ihren Kopf von Schröder weg und sah wieder aus dem Fenster. Sie fühlte, wie sich ihre Luftröhre zusammenschnürte. Immer wieder wurde sie von Bildern, die nur Bruchteile von Sekunden vor ihrem inneren Auge aufblitzten, heimgesucht. Sie wusste, dass Riko sie so zugerichtet hatte. Zu lange hatte sie diesen Horror durchgestanden. Riko hatte sie in den letzten

Monaten oft geschlagen und gedemütigt. Doch diesmal war es der bisher der schlimmste Angriff. Sie war ein nervliches Wrack geworden. Ihr Leben hatte sich innerhalb weniger Monate drastisch geändert. Sie selbst hatte sich in dieser Zeit verändert. War sie doch bis vor einem Jahr noch die starke Karrierefrau, die ihr Leben mit allem, was sie glücklich machte, in vollen Zügen genoss und im Griff hatte. Sie hatte keine Geldsorgen, viele Freunde und eine tolle Familie mit Clara und Ben. Ständig war sie unterwegs. Ihre Urlaube verbrachte sie in den verschiedensten Ländern. Sie interessierte sich sehr für die unterschiedlichen Kulturen und war immer auf der Suche nach Möglichkeiten, in kleinen Pensionen oder Familienunterkünften unterzukommen. Manchmal hatte sie Glück und konnte bei einheimischen Familien übernachten, die sie zufällig kennenlernte.

Doch nun schien alles zerstört. Sie hatte kaum noch Freunde. Der Kontakt brach während der Beziehung zu Riko stetig ab. Die Einzige, die ihr geblieben war, war ihre Schwester Clara.

„Frau Landmair. Wir können Ihnen nicht helfen, wenn Sie uns nicht erzählen, was passiert ist."

Schröder war sich sicher, dass Linnywi sich erinnerte, doch es war das typische Verhalten, das er bereits von vielen Opfern kannte. Sie hatten Angst vor den Tätern und befürchteten schlimme Folgen, wenn sie ihre Peiniger anzeigten. Auch wenn Riko es verdient hatte, aber nein, anzeigen wollte sie ihn nicht. Zu groß war die Angst vor seiner Wut. Sie würde versuchen es zu vergessen und so gut es ging, in ihr altes Leben zurückkehren.

„Ich kann Ihnen nicht helfen", antwortete Linnywi, ohne Schröder dabei anzusehen. Sie wusste jedoch, dass es im Grunde der verkehrte Weg war.

Schröder schielte enttäuscht zu seinem Partner, der wiederum nur mit den Schultern zuckte und seine Augenbrauen hochzog. Schröder erhob sich vom Stuhl und ging auf seinen Partner zu, drehte sich jedoch noch einmal zu ihr um.

„Frau Landmair, vielleicht sollten Sie wissen, dass Herr Schütt nicht das erste Mal in dieser Weise aufgefallen ist. Leider können wir nichts machen, solange niemand darüber spricht. Er wird damit weitermachen, wenn er nicht endlich gestoppt wird."

Offensichtlich war Linnywi nicht sein erstes Opfer. Und scheinbar hat keine von diesen Frauen je eine Anzeige erstattet. Ja, er hatte eine gewisse Macht über die Frauen. Er hatte sogar Einfluss auf sie, wenn er nicht einmal in der Nähe war.

„Ich sagte doch, ich kann mich nicht erinnern!" Sie legte ihren Kopf auf das Kopfkissen. Die Beamten konnten ihre Tränen nicht sehen, da sie mit dem Rücken zu ihnen lag. Sie wollte nur, dass sie endlich gingen.

„In Ordnung. Ihre Schwester hat unsere Kontaktdaten. Bitte melden Sie sich, wenn Ihnen irgendetwas einfällt. Gute Besserung."

Sie hörte, wie sich die Tür sanft schloss. Linnywi war müde. Unter Tränen schloss sie ihre Augen und schlief ein.

Mit zwei Plastikbechern Kaffee in den Händen und einigen kleinen Zuckertüten zwischen ihren Lippen, wollte Clara gerade die Tür zu Linnywis Krankenzimmer öffnen, als sie plötzlich eine Vibration in ihrer Gesäßtasche spürte. Jemand rief sie auf dem Handy an. Hektisch drehte sie sich im Kreis und suchte einen Platz, auf dem sie die Kaffeebecher abstellen konnte. Vielleicht war es Ben oder gar die Kripo. Hinter ihr stand ein Teewagen, auf dem sich die benutzten Gläser der Besucher befanden und stellte die Kaffeebecher dort ab. Die Zuckertüten klebten mittlerweile so fest an ihren Lippen, dass das Entfernen einen Schmerz verursachte, als hätte sie die oberste Hautschicht ebenfalls abgerissen. Schnell zog sie das Handy aus ihrer Hosentasche und blickte auf das Display. Ein anonymer Anrufer. Ben würde sie nicht anonym anrufen.

„Hallo?", fragte Clara. Sie presste ihre Lippen zusammen und rieb sie aneinander, als hätte sie einen Pflegestift aufgetragen. Ihre Lippen brannten. Sie dachte daran, dass sie die Zuckertüten auch einfach in ihre Hosentasche hätte stecken können.

„Hey, hier ist... hier ist Riko", stammelte es am anderen Ende der Leitung. Stille.

Wie konnte Riko nur so dreist sein und sie tatsächlich anrufen? Sie hatte ihm doch schon deutlich klargemacht, dass er sie und Linnywi zufriedenlassen sollte.

„Was willst du, Riko? Hast du nicht bereits genug Schaden angerichtet? Lass sie in Ruhe! Ich dachte, ich hätte mich bereits klar ausgedrückt! Deine Lüge kauft dir keiner ab."

Clara war wütend und kochte innerlich. Sicherlich hatte er schon etliche Male auf Linnywis Handy angerufen.

„Clara, bitte. Lass mich mit Linny sprechen. Es tut mir so leid, was passiert ist. Ich möchte..."

„Halt den Mund, Riko! Ich will nichts mehr hören!", fiel Clara ihm ins Wort.

Er gab es also mit seiner Entschuldigung indirekt zu. Sie wollte sich nichts weiter von Riko anhören.

„Du lässt sie in Frieden, Riko, sonst bekommst du ein größeres Problem als die Kripo, die übrigens heute schon im Krankenhaus bei Linny war", fuhr sie ihn weiter wütend an.

Sie hoffte, ihn mit der Information auf Abstand halten zu können. Doch plötzlich war es totenstill in der Leitung. Er hatte aufgelegt. Eigentlich war sie froh darüber. Andererseits hatte sie ein merkwürdiges Gefühl dabei, dass Riko so einfach abzuwimmeln war. Sie schüttelte den Kopf.

„Alle verrückt geworden", sagte sie leise zu sich und steckte das Handy wieder zurück in ihre Hosentasche. Sie schnappte sich die beiden Kaffeebecher, steckte den Zucker diesmal in ihre Hosentasche und schlich in Linnywis Zimmer. Ihre Schwester schlief friedlich. Clara gab ihr einen Kuss auf die Stirn und strich ihr das Haar aus dem Gesicht. Sie nahm sich den Kaffee und verließ das Krankenhaus.

Es war dunkel im Zimmer, als Linnywi erwachte. Ihr Blick fiel auf die zugezogenen Vorhänge und sie konnte schemenhaft erkennen, dass der Mond in ihr Fenster schien. Sie rührte sich jedoch nicht. Ihre Bettdecke war bis über die Ohren gezogen. Warum wurde sie wach? Sie wusste es wieder. Sie hatte das Gefühl, berührt worden zu sein und hatte Geräusche gehört. Die Nachtschwester auf dem Flur konnte es nicht gewesen sein. Die Schritte waren in diesem Zimmer. Die Nachtschwestern würden ein Dämmerlicht einschalten, wenn sie nachts ins Zimmer kämen. Irgendetwas ging in diesem Raum vor. Sie dachte, man könnte ihr Herz schlagen hören, so kräftig donnerte es in ihrer Brust. Ihr Atmen wurde unregelmäßig. Spätestens jetzt würde der unerwünschte Besucher merken, dass sie wach war. Sollte sie sich umdrehen, um zu sehen, wer in ihrem Zimmer war? Vielleicht war es auch nur Clara, die etwas Wichtiges vergessen hatte. Das war jedoch eher unwahrscheinlich. Sie würde niemals mitten in der Nacht in ein Krankenhaus spazieren. Sie musste sich davon überzeugen, dass sie alleine im Zimmer war, sonst würde sie in dieser Nacht kein Auge mehr zu bekommen. Sie atmete tief durch und zählte gedanklich von drei runter, um sich selbst unter Druck zu setzen, sich auch wirklich bei eins umzudrehen. *Drei, zwei, eins.* Sie richtete sich auf und drehte sich herum, um ein Blick in das Zimmer und zur Tür werfen zu können. Im letzten Moment sah sie, wie sich die Zimmertür langsam durch den sanften Selbstschließmechanismus schloss. Der Lichtkegel des Türspalts wurde immer kleiner, bis er gänzlich verschwand. Ihr Herz schlug ihr bis zum Hals und ihr Nachthemd war schweißnass. Mit zitternder Hand, drückte sie den Knopf für den Ruf einer Nachtschwester. Ein paar Sekunden später öffnete sich die Tür. Die Schwester, eine große und sehr kräftig gebaute Frau, betrat den Raum und schaltete das Nachtlicht ein.

„Was ist los, Frau Landmair? Können Sie nicht schlafen?", fragte die Frau mit sanfter Stimme, die so gar nicht zu ihrer Statur passte. Die Schwester trat an ihr Bett und zupfte Linnywis Bettdecke am Fußende zurecht. Auf dem Schild an ihrer Brust stand *Schwester Magret*.

„Schwester, haben Sie vielleicht gesehen, ob jemand aus diesem Zimmer gekommen ist? Jemand war hier. Ich habe Schritte gehört." Linnywis Herz raste noch immer. Sie fühlte sich, als würde sie noch immer beobachtet werden.

„Sie haben ganz schön was abbekommen, Liebes. Hier war niemand. Das hätten wir sicher mitbekommen. Außerdem sind jetzt keine Besuchszeiten. Wer sollte Sie denn mitten in der Nacht besuchen? Sie haben sicher nur geträumt. Ich bringe Ihnen gleich etwas, damit Sie entspannter schlafen können."

Die Krankenschwester kehrte nach ein paar Minuten mit einem Schlafmittel zurück. Linnywi nahm es bereitwillig und dankbar zu sich. Es dauerte nicht lange, bis das Mittel seine Wirkung zeigte. Sie sank schnell in den Schlaf. In dieser Nacht war sie nicht in dem dunklen Raum. Sie schlief so tief wie schon sehr lange Zeit nicht mehr.

ENESUNG

Clara flog förmlich durch die Wohnung und nahm die Tücher von den Möbeln, die Linnywi dort vor Monaten hinterlassen hatte. Da sie immer seltener hierherkam, beschloss sie vor einiger Zeit, die Möbel abzudecken. So waren sie geschützt und staubten nicht allzu sehr ein. Clara gab sich alle Mühe, um es ihr so einfach und angenehm wie möglich zu machen. Die blauen Flecken und die Wunden schmerzten noch immer. Clara bereitete die Récamiere mit den großen Kissen und Linnywis dicker Lieblingswolldecke vor. Sie wusste, dass ihre Schwester diesen Platz liebte und sie machte es sich auch gleich gemütlich. Die Kaffeemaschine ließ frischen Kaffee in die Kanne plätschern. Der vertraute Geruch erinnerte sie an die schönen Zeiten in dieser Wohnung. Ihre Lungen füllten sich mit der frischen Luft, die durch das weit geöffnete Fenster gegen die abgestandene Luft ausgetauscht wurde. Sie atmete tief ein und aus, während ihr Blick durch die Wohnung schweifte. Zu lange war sie nicht mehr hier gewesen, was sie selbst nicht begriff. Sie liebte die Zeit in dieser Wohnung und doch hatte sie für Riko alles zurückgelassen. Sie bemerkte, dass ihre Pflanzen endgültig hinüber waren.

„Ich entsorge die für dich. Die sind nicht mehr zu retten. Kaffee?"

Linnywi nickte. Clara wusste, dass ihre Schwester wohl beide Angebote herzlich gerne annahm.

Das Lachen und das Gemurmel der Leute drangen durch das Fenster. Eigentlich hatte sie zurzeit nichts übrig für glückliche Menschen. Clara setzte sich zu ihr und drückte ihrer Schwester das Handy in die Hand. Ben hatte es sich von Riko geben lassen, als er mit Clara bei Riko war. Sie hätte im Leben nicht an das Telefon gedacht, doch Ben zückte es im Auto aus der Tasche und übergab es seiner Freundin.

Linnywi fragte sich, wie viele Nachrichten und entgangene Anrufe sich wohl auf ihrem Handy befanden. Eigentlich wollte sie es nicht wissen und legte es erst einmal zur Seite.

„Wenn du möchtest, kümmere ich mich darum, dass

du eine neue Telefonnummer bekommst. Riko wird sich bei dir melden, früher oder später - wenn deine Mailbox nicht sogar schon voll von seinen Anrufen ist", schlug Clara vor.

„Ich denke, es geht schon."

„Linny, er ist gefährlich. Du weißt, was Schröder gesagt hat. Er ist nicht das erste Mal aufgefallen. Du hättest Riko anzeigen sollen."

„Er wird mich in Ruhe lassen. Das hast du ihm ja deutlich zu verstehen gegeben. Mir wird schon nichts passieren. Ich bin hier sicher. Allerdings wäre es mir lieber, wenn du Chi noch ein paar Tage zu dir nehmen kannst."

Linnywi sah ihren Hund an, der eingekuschelt an ihrer Seite lag. Sie liebte ihn sehr. Sie wusste, dass sie selbst zurzeit nicht in der Lage war, sich so um ihren Hund zu kümmern, wie er es verdient hatte. Sie brauchte noch ein paar Tage, um wieder zu Kräften zu kommen.

„Natürlich nehme ich ihn wieder mit. Ist wahrscheinlich erst mal das Beste." Clara wandte sich zu Chi und sprach liebevoll zu ihm:

„Das machen wir, Chi. Oder? Dann kannst du wieder mit Ben toben und seine Hausschuhe klauen."

Chi schaute auf und sah Clara an. Er neigte seinen Kopf zur Seite und wedelte mit dem Schwanz, als würde er sich über Claras Worte freuen. Linnywi musste schmunzeln. Sie würde ihn sehr vermissen. Gerade jetzt könnte Chi ihr ein Gefühl von Sicherheit geben. Sobald der kleine Chihuahua ungewöhnliche Geräusche hörte, die er nicht kannte, schlug er an. Linnywi war immer sehr froh, dass er so wachsam war. Doch angesichts der Tatsache, dass sie sich erst mal um sich selbst kümmern musste, wäre sie ihrem Hund nicht gerecht geworden. Jedenfalls nicht in den nächsten Tagen.

„So, Liebes. Kann ich dich allein lassen?", fragte Clara und brachte ihre Tasse in die Spülmaschine. „Ja, natürlich. Ich komme klar", Linnywi war sich nicht sicher, ob sie wirklich zurechtkommen würde, doch sie wollte sowieso lieber alleine sein.

„Ich komme morgen vorbei und sehe nach dir. Brauchst du irgendwas? Soll ich was einkaufen?"

Linnywi zuckte mit den Schultern, während sie aus dem Fenster hinunter auf die Straße schaute und das Treiben beobachtete.

„Ich werde dir einfach ein paar Dinge mitbringen."

Clara ging ins Bad und schaute sich um, ob ihre Schwester noch weitere Dinge, außer Lebensmittel, benötigte. Da sie die letzten Monate in Rikos Wohnung verbrachte, fehlten sämtliche Pflegeutensilien. Daran hatte Clara in Rikos Wohnung nicht gedacht. In Linnywis Kühlschrank befand sich nichts weiter außer zwei Flaschen Weißwein und einer Flasche Wasser.

„Mehr Alkohol als Wasser. Genauso stelle ich mir den Kühlschrank einer Junggesellin vor. Den Alkohol zum wegschießen und das Wasser für den Nachdurst."

Sie hörte Claras Worte, konnte sie jedoch nicht mehr richtig verstehen. Der Klang ihrer Stimme wurde immer leiser und dumpfer. Zum ersten Mal war ihr bewusst, dass ein Blackout bevorstand. Irgendeine Kraft zog ihre Seele in die Tiefen ihres Unterbewusstseins. Sie vernahm im Innern ihres Körpers ein lautes Lachen. Es war Joy. Sie trat an Linnywis Stelle und schien sich sehr darüber zu amüsieren. Hatte Joy die Macht, zu jeder Zeit das Bewusstsein zu übernehmen, ohne dass Linnywi es kontrollieren konnte?

Als Linnywi erwachte, war es bereits dunkel. Ihre Vorhänge waren zugezogen. Durch die Stehlampe neben ihrer Récamiere wurde der Raum in ein warmes und nicht allzu helles Licht getaucht. Ihr Kopf schmerzte und sie fühlte sich ein wenig benommen. Ihre Wanduhr zeigte an, dass es zwei Uhr in der Früh war. Als sie aufstand, stieß ihr Fuß gegen etwas Hartes. Sie erschrak bei dem Geräusch von aneinander knallenden Glasflaschen. Linnywi stellte fest, dass Joy sich an den Wein zu schaffen gemacht hatte. Sie fasste sich an den Kopf.

„Scheiße... mussten es gleich beide Flaschen sein?“, nuschelte sie benommen.

Sie erwartete nicht wirklich eine Antwort von Joy. Manchmal machte sie sich Sorgen, ob die andere Seele sie noch ins Unglück stürzen würde. Sie hatte schließlich keine Kontrolle über sie oder ihr Tun. Doch andererseits war sie froh, dass Joy sie oftmals genau dann aus dem Dasein riss, wenn sie eine Pause vom Leben brauchte. Und sei es nur für ein paar Minuten. Sie hob die Flaschen auf und stellte sie auf die Küchenzeile. Sie würde sie am nächsten Morgen entsorgen, damit Clara nicht bemerkte, dass sie den kompletten Wein getrunken hatte. Sie sah es nicht gerne, wenn Linnywi so viel trank. Sie lehnte sich an den Kühlschrank und schaute sich im Raum um. Es war ruhig. Viel zu ruhig. Ihr fehlte die kleine Fellnase. Sie liebte das Geräusch, wenn ihr Hund über den Holzboden lief und die Krallen dabei ein klickendes Geräusch hinterließen. Doch es war nichts zu hören. Ruckartig wurde Linnywi aus ihren Gedanken gerissen. Ihr Herz überschlug sich in ihrer Brust. Ein Rauschen durchdrang ihre Ohren. Wie versteinert schaute sie zu ihrem Sofa. Wie kam diese verdammte Tulpe auf das Kissen? Linnywi liebte Tulpen. Diese Blumen waren schlicht und dennoch besonders. Als Clara und sie noch klein waren, war der Garten ihres Elternhauses mit Tulpen in allen Farben übersät. Ihre Mutter sorgte immer dafür, dass sie so lange wie möglich hielten. Wahrscheinlich war das der Grund, warum Linnywi diese Blumen so sehr mochte. Sie erinnerten sie an ihre Eltern, besonders an ihre geliebte Mutter. Im Frühling kaufte sie sich gerne selbst welche. Sie war sich sicher, dass Clara keine Blumen dabei hatte, als sie Linnywi am Nachmittag aus dem Krankenhaus abholte. Die Blumen, die sie im Krankenhaus von Clara geschenkt bekam, hatte sie zurückgelassen. Irgendwo hatte sie mal gelesen, dass man im Krankenhaus geschenkte Blumen nicht mit nach Hause nahm. Ein Aberglaube. Aber wer hatte nicht irgendeinen Aberglauben, den er unbewusst befolgte. Und sei es, dass man nicht unter der Leiter hindurch lief, den Drang verspürte, einen Schornsteinfeger berühren zu müssen oder niemals Perlenschmuck verschenkte. Bei Linnywi waren es die Blumen im Krankenhaus. Sie schaute sich weiter in der Wohnung um. War jemand hier gewesen? Das Türschloss war nicht beschädigt. Ein Einbruch, den sie vielleicht nicht mitbekommen hätte, konnte es also nicht sein. Ein Einbrecher würde auch kaum eine Blume hinterlassen. Joy! Hatte Joy jemanden in die Wohnung gelassen, als sie ihr Bewusstsein übernommen hatte? Vielleicht war Clara noch einmal hier. Aber warum sollte sie eine

Tulpe auf das Kissen legen? Sie war der Verzweiflung nahe.

„Nein, Linny. Ich war es nicht. Aber er war hier. Er war hier! Er war hier!!"

Die Stimme in ihrem Kopf wurde immer lauter. Linnywi zitterte am ganzen Körper und ihr lief ein kalter Schauer über den Rücken.

„Hör auf! Hör auf! Wann verschwindest du endlich? Was willst du von mir?", rief Linnywi.

„Dich beschützen, Linny. Ich will dir helfen", erklang es in ihrem Kopf.

„Ich brauche keine Hilfe von dir. Lass mich einfach in Ruhe", schluchzte sie.

Sie hielt ihre Ellenbogen schützend vor ihr Gesicht und griff sich dabei unsanft in die Haare am Hinterkopf. Dabei sackte sie zusammen und wog sich hockend hin und her um sich zu beruhigen. Sie wusste, Joy würde nicht mehr verschwinden. Aber was wollte sie von ihr? Ihr helfen? Sie beschützen? Joy war nicht gut für sie. Doch sie konnte sie nicht einfach abschütteln oder in den Tiefen ihres Kopfes verschwinden lassen. Dafür hatte sie keine Kraft. Joy wurde jeden Tag mächtiger und hatte mehr und mehr die Kontrolle über sie.

Linnywi erhob sich aus ihrer Position. Geradewegs

eilte sie zum Sofa und ergriff die Tulpe vom Kissen. Sie sah sie angewidert an, zerdrückte sie mit ihren Händen und warf sie mit voller Wucht in Richtung Küchenzeile, wo ein zermatschter Klumpen auf der Arbeitsfläche liegen blieb. Danach legte sie sich auf das Sofa. Sie war zu erschöpft, um sich weiter Gedanken über diese mysteriöse Blume zu machen. Sie war müde.

Am nächsten Morgen wurde Linnywi unsanft von Klopfgeräuschen geweckt. Sie erhob sich nur schwerfällig von ihrem Sofa. Durch den Spion in der Tür erkannte sie Clara, die mit schweren Einkaufstüten auf Einlass wartete. Sie öffnete die Tür.

„Na endlich. Hast du noch geschlafen?"

Linnywi antwortete nicht und schloss die Tür hinter ihr. Claras Arme schmerzten vom Tragen der Tüten. Sie brachte sie in die Küche, während Linnywi hinter ihr her schlurfte.

„Hast du eigentlich dein Handy noch nicht eingeschaltet? Ich habe dir schon ein paar Nachrichten geschrieben und versucht, dich anzurufen. In der Stadt ist die Hölle los. Manchmal könnte man glauben, die Leute müssten sich für zwei Jahre eindecken, so viel kaufen die ein."

Clara hasste es, wenn die Stadt so voll war und mied es normalerweise, sich in solch ein Getümmel zu stürzen.

Sie ging lieber kurz vor Ladenschluss einkaufen, wenn es ruhiger war.

„Und für wie viele Jahre hast du eingekauft?" Linnywi stellte sich ans Fenster und sah hinaus. Clara hatte Recht. Es war wirklich sehr voll in der Stadt. Die Leute genossen das herrliche Frühlingswetter beim Bummeln oder in den Cafés. Sie war schon lange nicht mehr in der Stadt, um einfach nur an die zur Jahreszeit passend geschmückten Schaufenster vorbeizuschlendern.

„Dein Kühlschrank ist leer, Linny. So viel ist das gar nicht, was ich eingekauft habe. Das Notwendigste halt. Sag mal, hast du eigentlich mal geguckt, ob Riko sich gemeldet hat?"

Linnywi zuckte innerlich zusammen. Riko. Musste ihre Schwester diesen Namen erwähnen?

„Was ist denn das hier, Linny?"
Clara hielt einen zermatschten Klumpen hoch und sah Linnywi an.
„Keine Ahnung."

Linnywi wusste, was Clara meinte, ohne sich umdrehen und hinsehen zu müssen.

„Das kann ja dann in den Mülleimer. Hast du etwa gestern noch zwei Flaschen Wein getrunken? Irgendwas müssen wir uns einfallen lassen, Linny. Was hältst du davon, wenn du erst mal zu mir und Ben kommst? Ich habe schon mit Ben gesprochen. Wir haben viel Platz und..."

„Nein", fiel Linnywi ihr ins Wort. Clara wandte sich wieder den Einkäufen zu und räumte sie weiter in den Kühlschrank.

„Überlege es dir. Das Angebot steht. Ich kann verstehen, dass du dich schlecht von dieser Wohnung trennen kannst, aber vielleicht ist es besser, wenn du aus der Stadt rauskommst und ein wenig die Ruhe bei uns genießt. Hier kannst du nicht richtig entspannen, immer mit dem Gedanken, dass der Spinner auftauchen könnte."

Wahrscheinlich hat sie recht, dachte Linnywi. Sie musste wieder an die Tulpe denken. Wo kam sie nur her? Offensichtlich hatte Clara nichts damit zu tun. Dann hätte sie wohl anders auf die zerdrückte Blume reagiert. Es kam ihr in den Sinn, dass es vielleicht Joy gewesen sein könnte. Möglicherweise war sie, nachdem Clara gestern die Wohnung verlassen hatte, in den Park gegangen und hatte dort eine von den Tulpen gepflückt. Im Frühling, Sommer und Herbst wurden die künstlich angelegten Beete mit den saisonal aktuellen Blumen bepflanzt. Die Beete waren zurzeit übersät mit Tulpen, Narzissen, Krokussen und Stiefmütterchen. Doch dann musste Linnywi wieder an Joys Worte denken. „Er war hier" hatte sie geschrien. Wen meinte sie wohl damit? Hatte Joy jemanden hineingelassen, ohne dass Linnywi es mitbekommen hatte? Sie würden niemals Riko in die Wohnung lassen, dessen war sie sich sicher. Aber wen konnte Joy gemeint haben?

„So, Liebes. Ich bin hier fertig. Ich habe dir etwas von dem Auflauf, den Ben gestern gemacht hat, in den Kühlschrank gestellt." Clara hielt eine Dose mit grünem Deckel hoch, um sicherzugehen, dass Linnywi auch registrierte, was sie sagte und wartete auf eine Reaktion ihrer Schwester. Linnywi drehte sich um und nickte bestätigend, während sie sich wieder auf die Récamiere an ihr Fenster legte.

„Ich muss los. Ich habe zwar im Büro Bescheid gegeben, dass ich erst gegen Mittag komme, aber ich habe gleich noch ein Meeting. Da muss ich pünktlich sein. Soll ich dir etwas Musik anmachen?" Wieder nickte Linnywi stumm und sah weiter hinaus.

Canon per 3 Violini e Basso von Johann Pachelbel erklang sanft aus ihren Lautsprechern. Klassische Musik beruhigte sie schon immer. Sie hörte es gerne beim Arbeiten oder zum Entspannen.

„Oh man, Linny. Ich muss dir unbedingt mal vernünftige Musik mitbringen. Das macht ja total depressiv."

„Ich mag die Musik. Sie entspannt mich."

Clara gab ihr einen Kuss auf die Wange und verabschiedete sich. Arbeiten würde Linnywi auch gerne wieder. Doch ihr Arzt hat sie noch eine Weile krankgeschrieben. Sie freute sich schon jetzt darauf, sich wieder in ihre Arbeit zu stürzen. Ihr Handy lag immer noch genauso auf dem Beistelltisch, wie sie es dort am Vortag hinterlassen hatte. Sie beschloss, das Handy endlich einzuschalten.

Sie hatte kaum den Pin eingegeben, als ein Piepen nach dem anderen erklang, welche ihr signalisierten, dass sie offensichtlich einige Anrufe und Nachrichten verpasst hatte. Sicher würde auch etwas von Riko dabei sein. Sie schaute in die Anrufliste. Der letzte Anruf war um 08.34 Uhr von Clara. Ein Anruf war von Rebecca und unzählige weitere Anrufe von Riko. Er hatte mehrmals täglich angerufen. Die meisten Nachrichten stammten ebenfalls von Riko. Die älteste war aus der Nacht, in der sie ins Krankenhaus eingeliefert wurde:

01.24: „Es tut mir so unglaublich leid, Baby. Bitte verzeih mir. Ich liebe dich."

06.50: „Linny! Melde dich."

11.02: „Scheiße!!! Ruf mich endlich an! Ich warte."

17.25: „Entschuldige bitte meine Nachricht. Ich bin einfach so fertig, weil ich nicht weiß, wie es dir geht."

Linnywi hörte auf zu lesen. Sie konnte es nicht ertragen und löschte alle weiteren Nachrichten von Riko ohne sie zu lesen. Ihr Kopf hämmerte. Sie starrte zum Kühlschrank und fragte sich, ob sich dort etwas Wein befand. Vielleicht hatte Clara etwas mitgebracht. Sie stand auf und sah nach, stellte jedoch fest, dass natürlich nichts da war. Sie warf sich ihren Kapuzenpulli über und zog die Kapuze tief ins Gesicht, damit man die Ausläufer ihrer Verletzungen nicht sofort sehen konnte. Ein paar hundert Meter weiter war eine Drogerie. Dort würde sie ihren Wein bekommen.

EINDRINGLING

Allmählich war Linnywis normaler Alltag wieder eingekehrt. Riko hatte seit einer Woche keine Nachrichten mehr geschickt oder versucht, sie anzurufen. Offenbar hatte er es aufgegeben. In manchen Nächten meinte sie jedoch, seine schattenhafte Gestalt im Licht der Laternen, auf der anderen Straßenseite, erkannt zu haben. Möglicherweise war es jedoch nur eine Einbildung und ihre Phantasie spielte ihr einen Streich. Auch die Polizei, die sie in einer Nacht rief, konnte niemanden ausfindig machen, der auffällig in der Nähe ihrer Wohnung auf der Straße umherschlich. Die Angst war dennoch ihr ständiger Begleiter. Immer wieder überkam sie das Gefühl, jemand würde hinter ihr stehen oder sie beim Schlafen beobachten. Nachts bildete sie sich oft ein, Schritte gehört zu haben. Doch wenn sie aufstand, um sich zu vergewissern, konnte sie nichts weiter feststellen, als die knackenden Geräusche des alten Hauses.

Seit einer Woche stürzte sie sich wieder dankbar in ihre Arbeit. Ihre Kollegen empfingen sie an ihrem ersten Arbeitstag liebevoll mit einem kleinen Frühstück im Büro. Die Aufmerksamkeit war ihr unangenehm, weil die meisten wussten, weshalb sie eine Weile gefehlt hatte. Es hatte sich herumgesprochen, nachdem Clara sie krankgemeldet hatte. Beiläufig hatte ihre Schwester kurz angeschnitten, was passiert war. Auch den Kollegen war aufgefallen, dass sie sich verändert hatte. Ihre sonst so extrovertierte Art veränderte sich in Zurückgezogenheit. Riko hatte ihr Selbstbewusstsein zerstört. Egal was sie tat, es war nicht gut genug. Er strafte sie mit Missachtung und demütigte sie. Für Linnywi war das schlimmer, als die Schläge, die sie wegen Kleinigkeiten immer regelmäßiger ertragen musste. Sie freute sich auf ihren Feierabend und das Wochenende. Die erste Woche im Büro war anstrengend, tat ihr jedoch sehr gut. Für den nächsten Tag hatte sie sich mit Clara zu einem gemeinsamen Frühstück mit anschließendem Stadtbummel verabredet. Auch wenn Clara es hasste, sich an einem Samstag durch die Massen der einkaufenden Menschen zu schlängeln, würde sie es für ihre Schwester tun. Linnywi musste wieder ins Leben zurück und Clara wollte sie dabei unterstützen.

Es war Freitagnachmittags, als sie nach Feierabend noch im Café Art vorbeischaute, um das schöne Wetter zu genießen. Früher traf sie sich hier mit ihren Freunden. Normalerweise hätte sie jetzt ihren Hund dabei, der sie immer ins Büro begleitete. Doch Chi war noch immer bei ihrer Schwester. Ben und der Hund waren die besten Freunde geworden. Er verbrachte jede freie Minute mit ihm im Garten oder sie spazierten durch die Wälder der Umgebung. Ben war schon immer ein Hundenarr. Clara lehnte die Anschaffung eines eigenen jedoch ab. Sie hatte Bedenken, ob die Arbeit nicht doch irgendwann an ihr hängen blieb. Chi fühlte sich offensichtlich sehr wohl bei Clara und Ben, was die Entscheidung erleichterte, ihn vorerst bei ihnen zu lassen. Auch wenn sie ihn mit ins Büro nehmen konnte, war es doch schöner für den Hund, jederzeit in einen Garten zu können. Ben arbeitete von Zuhause aus und konnte für ihren kleinen Schatz da sein. Seine Pausen passte er den Bedürfnissen des Hundes an. Ben erhoffte sich so wahrscheinlich, dass Clara irgendwann nachgeben und sie sich doch einen eigenen Hund anschaffen würden. Linnywi war ihm sehr dankbar.

Das Café Art hatte sich in den letzten Jahren zu einem der beliebtesten Cafés der Stadt entwickelt. An manchen

Tagen stellten Künstler dort ihre Werke aus. Die Geräusche der Stadt waren im Hinterhof, dem wunderschönen Außenbereich, nicht wahrzunehmen und lud zum Entspannen ein. Auch Familien mit Kindern fühlten sich hier wohl. Für die Kleinsten war eine Spielecke vorhanden, sodass die Eltern in Ruhe ihren Kaffee genießen konnten, während ihre Kinder spielten. Linnywi machte es sich an einem kleinen Tisch in einer Ecke bequem. Die Strahlen der Sonne wärmten ihr Gesicht. Sie schloss die Augen und vernahm das Lachen und Quieken der kleinen, fröhlichen Kinder. Ihre Augen füllten sich mit Tränen. Sie dachte an ihr verlorenes Baby. Wie schön wäre es gewesen, irgendwann mit ihrem eigenen Kind herkommen zu können und ihm dabei zuzusehen, wie es im Sandkasten spielte, kleine Spielzeugautos schob oder für eine Puppe Sandkuchen machte. Es würde vorerst ein Gedankengang bleiben. Er hatte es getötet. Sie empfand Wut, unbeschreibliche Wut auf sich und auf Riko. Hätte sie besser auf die Worte von Joy und ihr Bauchgefühl gehört, wäre sie niemals an diesem einen Tag zurück zu Rikos Wohnung gefahren. Vielleicht wäre sie dann noch schwanger und alles hätte ein gutes Ende genommen. Sie wollte laut schreien und spürte, wie sich ihre Brust zusammenzog, weil sie es unterdrückte. Der Himmel zog sich langsam zu und es wurde kühler. Nachdem sie ihr Getränk geleert hatte, zahlte sie und verließ das Café. Es würde bald regnen.

Zuhause angekommen, sehnte Linnywi sich nach einer Dusche. Sie genoss das heiße Wasser, das auf ihre Haut niederfiel. Am Abend leerte sie noch eine Flasche von dem Wein, der zu ihrem Einschlafbegleiter geworden war. Sie lauschte den Regentropfen, die an ihre Fensterscheibe prasselten, während sie langsam in den Schlaf sank.

In der Nacht wurde sie von einem Geräusch geweckt. Sie vernahm Schritte aus dem Treppenhaus, die bei jedem Auftreten ein Knarzen der Holzstufen verursachten. *Vermutlich ist ein anderer Hausbewohner von einer Feier zurückgekommen,* dachte sie. Es war nicht ungewöhnlich, dass ihr Nachbar, den sie auf Anfang zwanzig schätzte, um diese Uhrzeit erst nach Hause kam. Allerdings war er bisher nie besonders rücksichtsvoll und polterte die Treppen lautstark hoch, bis er seine Wohnung erreichte. Heute gab sich allerdings jemand besondere Mühe, möglichst wenige Geräusche zu verursachen, hatte sie den Eindruck. Gegen das Knarren der Stufen konnte man jedoch nichts tun. Dann war es für eine Weile still. Ihr Herz klopfte schneller, als sie glaubte zu hören, wie ein Schlüssel in das Schloss ihrer Wohnungstür geschoben wurde. Clara hatte einen Schlüssel zur Wohnung, doch sie würde niemals unangemeldet und dann noch mitten in der Nacht bei ihr vorbeisehen. Und wenn sie es doch war, hätte sie zumindest vorher geklopft. Die Eingangstür des Wohnhauses konnte einfach aufgedrückt werden und war somit fast immer frei zugänglich. Ein Zettel des Eigentümers wies zwar darauf hin, dass ab 22 Uhr die Tür abgeschlossen werden sollte, doch die meisten Hausbewohner interessierte das nicht. So blieb die Tür oftmals über Nacht unverschlossen, was zur Folge hatte, dass sich im unteren Bereich des Treppenhauses nicht selten Graffiti-Kunstwerke an den Wänden befanden oder randaliert wurde. Natürlich hatten Einbrecher es so sehr einfach, denn die alten Wohnungstüren waren nicht besonders sicher und wer geübt war, konnte die Türen mit Leichtigkeit aufbrechen. Das war auch der Grund, warum Linnywi immer abschloss, anstatt die Tür einfach nur zuzuziehen.

Die Decke bis zu ihrem Hals gezogen, hielt sie den Atem an. Vielleicht konnte sie so weitere Geräusche vernehmen. Sie verfluchte ihr Herz, welches so heftig klopfte, dass sie es innerlich selbst hören konnte. Ein leises Klacken signalisierte ihr, dass jemand die Tür mittels eines Schlüssels oder Ähnlichem geöffnet hatte. Sie war starr vor Angst und überlegte, was sie tun könnte. Ihr Telefon. Verdammter Mist, wo war ihr verfluchtes Handy? Es fiel ihr wieder ein – es lag auf der Küchenzeile. Sie ärgerte sich. Warum hatte sie es dorthin gelegt? Sonst hatte sie es immer vor dem Zubettgehen neben sich auf dem Beistelltisch gelegt. Linnywi zitterte am ganzen Körper. Vielleicht würde der Einbrecher einfach ihre Handtasche nehmen, um so an ein wenig Bargeld zu kommen und sie erst gar nicht bemerken. Doch es war offensichtlich, dass sie sich unter der Decke auf dem Sofa befand. Das würde auch dem Eindringling nicht entgehen. Bildete sie sich vielleicht alles nur ein? Sie hörte nicht, ob die Tür wieder verschlossen wurde. Außer dem Regen, der stärker geworden war und zart klopfende Geräusche auf dem Fenster hinterließ, war es jetzt still. Linnywi versuchte angestrengt irgendein Geräusch zu erhaschen und wagte es nicht, sich zu bewegen. Immer wieder unterbrach sie das Atmen. Doch sie hörte nichts mehr. Sie musste nachsehen, ob jemand in der Wohnung war.

„Er ist hier! Er ist hier!!“

Joys Worte kreischten schallend durch Linnywis Kopf. Panik überkam sie. Wer war da? Sie verstand nicht, was Joy damit meinte. Sie beschloss, die Decke wegzuschieben und zu sehen, was vor sich ging. Sie könnte sonst die ganze Nacht nicht mehr schlafen. Doch es war zu spät. Ruckartig wurde ihre Bettdecke weggerissen. Sie sah eine dunkle Gestalt neben ihrem Sofa stehen, die auf sie hinabblickte. Die Gestalt hob etwas über dem Kopf in die Höhe, was sich dann blitzartig auf sie zubewegte.

$\mathcal{V}$ERTRAUTER FEIND – Teil 2

Linnywi wurde schlagartig aus dem dunklen Raum gerissen. Wie von einer unsichtbaren, riesigen Hand, die sie zu packen schien, wurde sie aus der Dunkelheit, zurück in die Realität gezogen. Panisch versuchte sie nach Luft zu schnappen, doch ihr Mund war immer noch verklebt. Für einen Moment hatte sie das Gefühl zu ertrinken. Eiskaltes Wasser hatte sich über sie ergossen und war teils durch ihre Nase eingedrungen, woraufhin sie sich verschluckte und husten musste. Sie beförderte die Wassertropfen mit einem kräftigen Schnaufen hinaus und sog dann unregelmäßig die Luft durch ihre Nasenlöcher. Als sie ihre Augen öffnete, wurde sie von Kerzenlicht geblendet. Sie stellte fest, dass das Tuch entfernt worden war, sie jedoch noch immer in der gleichen Position gefesselt auf dem Sofa lag. Schemenhaft erkannte sie wieder die Gestalt, dessen Stimme sie bereits erkannt hatte. Riko stand mit einem leeren Eimer vor ihr. Nur langsam gewöhnte sie sich an das flackernde Licht in ihrem Wohnraum. Ihr Herz pochte. Es schlug so fest, dass sie glaubte, ihre Brust würde auseinandergerissen. Ihr ganzer Körper bebte unkontrollierbar. Es lag nicht daran, dass es kalt war, denn die zahllosen Kerzen hatten den Raum aufgewärmt.

„Wage es nicht noch einmal einzuschlafen, während ich dich verwöhne, Miststück."

Riko widmete sich den restlichen Kerzen, die er noch anzündete. Panisch schaute Linnywi sich um. Konnte sie irgendetwas tun? Sie musste es schaffen, sich zu befreien. Doch was dann? Riko war so groß und stark. Sie würde es nicht schaffen, sich gegen ihn zu wehren. Selbst wenn sie irgendetwas hätte greifen können, was sie ihm über den Schädel schlagen konnte, müsste sie sich ohnehin vorher erst einmal befreien. Verzweifelt versuchte sie, die Fesseln weiter zu lockern und stellte erschrocken fest, dass Riko die Knebel noch strammer gezogen hatte. Ihm musste aufgefallen sein, dass sie es vor ihrer Bewusstlosigkeit geschafft hatte, sie etwas zu lösen. Verdammt! Was sollte sie nur tun? Sie zerrte und riss mit ganzer Kraft an der Fixierung, doch es hatte keinen Sinn. Sie war verzweifelt. Ihre Tränen vermischten sich mit den Wassertropfen auf ihrem Gesicht. Ihre Hand- und Fußgelenke, die bereits aufgeschürft waren, schmerzten. Sie spürte, wie es an den Stellen feucht von Blut wurde.

„Gib dir keine Mühe Linny", lachte Riko hämisch.

Wenn sie nur eine Gelegenheit hätte, würde sie ihn auf der Stelle umbringen. Noch nie in ihrem Leben hatte sie mehr Hass für jemanden empfunden.

Riko kam langsam auf sie zu. Sie schrie, doch ihr Schreien war durch das Klebeband auf ihrem Mund so stark gedämpft, dass jemand, der sich im Hausflur befunden hätte, keinen Ton hören konnte. Außerdem war die Tür zum Wohnraum, in dem sie lag, ebenfalls verschlossen. Die Vorhänge waren zugezogen und somit würde es auch keine Zeugen aus dem Haus der gegenüberliegenden Straßenseite geben, die ihr zur Hilfe hätten kommen können. Sie war alleine und auf sich gestellt. Niemand konnte ihr jetzt helfen. Selbst Joy zog sich noch weiter ins Innere des Körpers zurück und ließ Linnywi mit diesen Qualen alleine.

„Ist das nicht hübsch mit den Kerzen? Jetzt können wir uns ganz auf **uns** konzentrieren."

Riko zog sich aus und legte sich nackt zu ihr auf das Sofa. Linnywi versuchte, trotz der Fesseln so weit wie möglich von ihm weg zu rutschen, was jedoch nur einige

Zentimeter ausmachte. Er hatte wieder das Messer in der Hand und spielte damit an ihrem Hals herum. Linnywi atmete schwer. Ihre Angst war kaum zu ertragen und sie wünschte sich nur noch den Tod. Ihre Gliedmaßen waren steif und verkrampft, was Riko nicht entging.

„Hey Baby, jetzt entspann dich ein wenig. Wir wollen doch Spaß haben. Du hast dich doch sonst auch nicht so geziert."

Linnywi weinte und schluchzte. Riko fuchtelte mit dem Messer vor ihrem Gesicht und strich immer wieder mit der Klinge über ihre Wangen.

„Du hast immer noch nicht verstanden, dass du mir gehörst, Linny. Wenn du mir nicht freiwillig gibst, was ich möchte, dann könnte ich auch dein hübsches Gesicht ein wenig verändern. Was hältst du von einer Narbe, genau hier?"

Er strich ihr mit der Klinge vom linken Ohr bis zum Mundwinkel. Sie schrie. Doch niemand konnte sie hören. Tränen liefen aus ihren zugekniffenen Augenwinkeln.

„Ich könnte dir aber auch einen hübschen Schnitt von der Stirn, hier über das Auge hinweg und dann bis zum Hals machen. Damit würdest du sicher reizend aussehen", meinte Riko zynisch.

Er deutete die Schnitte immer wieder an, wobei er die oberste Hautschicht verletzte und sich dadurch rote

Linien wie Kratzer durch ihr Gesicht zogen. Lächelnd erfreute er sich an dem verzweifelten Ausdruck in Linnywis Gesicht und gab ihr einen genussvollen Kuss auf das Klebeband, worunter sich ihre Lippen befanden. Als sie ihren Kopf wegdrehte, packte er sie grob am Kinn und küsste sie erneut auf dieselbe Stelle. Seine Zunge glitt über die verletzten, leicht blutenden Stellen in ihrem Gesicht. Ihr war speiübel und sie empfand nur noch Ekel und Abscheu für diesen Mann. Linnywi verstand nicht, wie sie dieses Monster einmal geliebt haben konnte. Riko legte sich mit seinem nackten Körper auf den ihren und küsste ihr Gesicht. Er biss ihr viel zu fest in das Ohrläppchen, wodurch sie kurz aufschrie.

„Ich merke, es gefällt dir", stöhnte er in Linnywis Ohr. Es schien ihn sichtlich zu erregen, sie gefesselt unter sich liegen zu haben. Er rieb sich an ihrem von kaltem Angstschweiß feuchten Körper. Sie konnte spüren, wie sein Penis hart wurde. Sie wehrte sich so gut sie konnte gegen ihn, doch sie hatte das Gefühl, dass Riko mit seinem vollen Gewicht auf ihr lag. Das Atmen fiel ihr schwer und jede Bewegung unter seinem Körper war mit einem für sie unmenschlichen Kraftaufwand verbunden. Seine Lippen glitten an ihrem Hals hinunter. Immer wieder biss er ihr brutal ins Fleisch, was ihr unsagbare Qualen bereitete. Ihr schmerzerfülltes

Quieken und Stöhnen durch den zugeklebten Mund, erregte ihn nur noch mehr. Sie versuchte, möglichst wenige Töne von sich zu geben, um zu verhindern, dass er sich daran erfreuen konnte. Wenn sie doch wenigstens wieder in die Bewusstlosigkeit fallen könnte. Wo war Joy? Sie nahm Linnywi doch so oft ihr Bewusstsein und übernahm die Kontrolle über den Körper. Warum nicht jetzt? Warum musste sie das ganze Leid alleine ertragen? Wie kleine, sanfte Bachläufe liefen die Tränen aus ihren Augenwinkeln an den Schläfen hinunter, bis auf das flache Kissen, auf dem ihr Kopf lag. Sie konnte es nicht aufhalten. Sie musste sich ihrem Schicksal ergeben und konnte einfach nur hoffen, dass es bald vorbei war. Riko küsste sie unbeeindruckt weiter bis zu ihren Brustwarzen und weiter hinunter zum Bauchnabel. Linnywi empfand nichts mehr. Sie war erschöpft von ihrer Gegenwehr, die keinerlei Einfluss auf das hatte, was Riko ihr antat.

„Spürst du die Klinge an deinem Hals, Linny. Ich werde mir jetzt holen, was schon immer mir gehörte und auch immer gehören wird."

Mit einem heftigen Stoß drang er in Linnywi ein. Immer und immer wieder stieß er sein erigiertes Glied unsanft in ihren Körper, bis er letztendlich in ihr ejakulierte. Linnywis Schreie drangen durch alle Bewusstseinsebenen bis hin zu Joy. Die Seele hatte sich in die Tiefen des Unterbewusstseins zurückgezogen. Dort, wo auch Linnywi war, wenn Joy diesen Körper übernahm - den Körper, der nun mehr denn je verletzt und geschändet wurde. Das innerliche Kreischen drang schallend durch den dunklen Raum und durch den Spiegel hindurch, bis in das Versteck der Seelen.

Joy wusste, dass etwas Grausames passierte. Linnywi war nun endgültig gebrochen und hatte die Grenzen des Erträglichen erreicht. Sie würde es nicht allein schaffen. In diesem Spiegel, im Raum der Seelen, spürte sie keinen Schmerz, keine Trauer, kein Glück und auch keine Liebe. In ihrem Versteck war sie sicher. Jeden Schlag, jede Demütigung, jede Verachtung, jede Angst und auch diese grausame Vergewaltigung hatte sie wahrgenommen, jedoch ohne dieses Leid *empfinden* zu müssen.

„Joy! Wo bist du?", warum hört sie nicht?

„Ich bin hier. Ich warte bereits auf dich."

„Er quält mich. Ich kann nicht mehr. Ich möchte hierbleiben. Hier ist es so still und friedlich. Ich gehe nicht zurück."

„Das brauchst du auch nicht, Linnywi."

Was hat sie gesagt? Ich brauche nicht zurück? Ich verstehe sie nicht.

„Ich habe dir versprochen, dass ich alles in Ordnung

bringe. Es ist an der Zeit."

„Er ist da, Joy. Er wird uns weiter quälen. Ganz sicher wird er uns töten!"

„Das wird er nicht. Er ist ein Feigling, der seine Macht demonstriert. Er wird uns am Leben lassen, um sich an der Angst zu erfreuen."

„Joy! Können wir nicht einfach hier warten, bis er gegangen ist?"

„Er ist bereits gegangen, Linnywi. Hab keine Angst. Du musst keine Leid mehr ertragen."

Joy verlässt den Spiegel und den dunklen Raum. Alleine und zusammengekauert liege ich auf dem dunklen Boden neben diesem wunderbaren Spiegeltisch und dem Hocker. Ich habe keine Angst mehr. Es ist ruhig. Ich höre nichts. Ich sehe nichts. Ich möchte schlafen, tief schlafen. Ein wohliges Gefühl, als läge ich in den Armen meiner geliebten Mutter, umschließt mich.

Joy

Mit einem Schlag öffnete sie ihre Lider. Ihre leuchtenden Augen sahen geradewegs zur Decke. Keine Augenbinde, kein Klebeband und keine Fesseln waren mehr am Körper fixiert. Sie sah an dem geschändeten Körper hinunter. Die Gelenke an Armen und Beinen wiesen feuchte Wunden auf, die schmerzten. Ihr Körper war von Bissspuren übersät, die bereits blau anliefen. In ihrem Kopf hämmerte es dumpf. Das Sofa war noch immer nass von dem vergossenen Wasser, das tief in das Polster eingezogen war. Sie horchte in die Stille. Riko war nicht mehr in der Wohnung. Die Fenster waren immer noch von den Vorhängen verdeckt, doch sie konnte erkennen, dass es bereits hell wurde. Wie einen Müllsack hatte er diesen Körper hier liegen lassen und war verschwunden. Zumindest hatte er sich die Mühe gemacht und die scheiß Kerzen mitgenommen. Sie fragte sich, ob er keine Angst hatte, dass sie die Polizei informieren würde. Warum hatte er diesem Körper nicht einfach die Kehle durchgeschnitten? Entweder hatte er nicht den Mut dazu oder ihm war klar, dass man ihn dann definitiv für Mord drankriegen würde. Spuren hatte er genug hinterlassen, sodass sie ihm leicht auf die Schliche gekommen wären. Wenn er sie am Leben ließe, bestünde zumindest die Möglichkeit, dass ihm nichts geschehen würde. Denn nur, wenn sie darüber redete, wäre er in Gefahr. Er war sich seiner Sache sehr sicher. Riko war einfach gegangen, ohne ihr eine Drohung zu hinterlassen. *Was ist das nur für ein kranker Mensch*, dachte Joy. Langsam rollte sie sich zur Seite und versuchte aufzustehen, doch es traf sie wie ein Schlag. Ein stechender Schmerz durchzog den Unterbauch, sodass sie gekrümmt zurück auf das Sofa schwankte. Joy wurde klar, dass die andere Seele in dieser Nacht und schon viele Monate davor unbeschreiblichen Schmerz ertragen musste. Sie spürte, wie geschwächt dieser Organismus mittlerweile war. Es war noch nie so schlimm wie diesmal.

Vorsichtig versuchte sie erneut, sich mit ihren Händen auf die Sitzfläche stützend, aufzurichten. Langsam, mit schlurfenden Schritten, bewegte sie sich in Richtung

Bad. Geistesabwesend stellte sie das Wasser der Dusche an. Es war ihr nicht in den Sinn gekommen, die Polizei über die letzte Nacht zu informieren oder Clara anzurufen. Wie sollte sie das alles auch erklären? Wahrscheinlich würde ihr niemand glauben. Andererseits war Riko offensichtlich schon des Öfteren unangenehm bei der Polizei aufgefallen und sie warteten nur darauf, ihm irgendetwas nachweisen zu können. Doch Joy war klar, worauf das hinauslaufen würde. Im Falle einer Verurteilung würde ihn wahrscheinlich, wenn überhaupt, nur eine kleine Haftstrafe erwarten, die er entspannt in einem Gefängnis absitzen würde, bei voller Verpflegung selbstverständlich. Und bei guter Führung wäre er innerhalb kürzester Zeit wieder auf freiem Fuß. Für Vergewaltigungsopfer war das ein Schlag ins Gesicht. Und immer wieder müssten sich die Seelen Gedanken machen, ob er nicht doch irgendwann noch einmal auftauchen würde. Nein, darauf wollte sie nicht warten.

Das Duschwasser prasselte auf ihre Haut. Sie hoffte, dass sie das schmutzige und erniedrigende Gefühl, wie den Dreckfleck auf der Lieblingsbluse, abschrubben konnte. Doch es war hoffnungslos. Es blieb an diesem Körper haften wie eine zweite Hautschicht. Auch wenn Joy dieses Leid selbst nicht erduldet hatte, trug dieser Körper die Empfindungen, die dieses Erlebnis hinterlassen hatte, mit sich. Die Wut und den Hass auf ihren Peiniger waren zum Erdrücken. Sie wusste, dass ihre Seelen niemals zur Ruhe kommen würden. Nur wenn sie für all das, was er ihnen angetan hatte, Rache nehmen würde, könnte sie ihre Ruhe finden. Ja, nur dann würde Joy ihre Genugtuung bekommen.

„Ben! Hast du meine hellblauen Stoffschuhe gesehen?", rief Clara laut durchs Haus. Ben war gerade mit Chi im Garten.

„Versuchs mal im Schlafzimmer, neben der Kommode!", hörte Clara von draußen rufen. Sie erinnerte sich wieder, dass sie die Schuhe gewaschen hatte, weil sie bis zu den Schnürsenkeln mit Grasflecken verfärbt waren. Ben hatte sie vorgewarnt, dass sie mit diesen Schuhen kein Gras mähen sollte. Clara lief hektisch im Haus herum und suchte ihren Kram zusammen. Ben wunderte sich über ihre Angespanntheit.

„Warum bist du so gestresst? Du liegst doch gut in der Zeit."

„Ich bin halt nicht gerne unpünktlich, dass weißt du doch."

Clara lächelte Ben an und gab ihm einen zärtlichen Kuss.

„Na, deine Schwester wird es dir kaum übelnehmen,

wenn du zu spät kommst", merkte er schmunzelnd an. Ben hatte bereits mehr als einmal mitbekommen, dass Claras Schwester es nie schaffte, irgendwo pünktlich aufzutauchen. Manchmal hätte man denken können, sie machte es mit Absicht nach dem Motto „VIP kommt zuletzt". Aber so kannte er sie nun mal und amüsierte sich gerne darüber.

„So, ich mach' mich auf den Weg, Ben. Denkst du nachher bitte daran, die Wäsche in den Trockner zu stecken? Und natürlich einschalten", Clara zwinkerte ihm zu.

Ben vergaß gerne den Trockner einzuschalten nachdem er die Wäsche hineingelegt hatte.

„Yes, Ma'am!"

Clara gab ihm noch einen neckischen Klaps auf den Hintern und verließ das Haus. Sie freute sich darauf, mal wieder einen Schwesterntag zu machen. Es war lange her, dass die beiden gemeinsam einen entspannten Tag miteinander verbrachten. Sie dachte darüber nach, wann genau sie das letzte Mal mehr als eine Stunde miteinander hatten. Es musste in der Nacht gewesen sein, als ihre Schwester Riko das erste Mal seit Jahren wiedergesehen hatte. Seither hatte Linnywi sich nach und nach distanziert und verändert. Sie hatte es Clara gegenüber immer abgestritten, doch sie wusste es besser. Clara hatte Riko nicht oft gesehen und kannte ihn kaum, dennoch mochte sie ihn von Anfang an nicht. Das Gefühl verstärkte sich mit der Zeit, als sie merkte, dass sie nicht mehr an Linnywi ran kam. Sie sorgte sich zu dieser Zeit sehr um ihre Schwester. Wieder einmal war sie unendlich dankbar für Ben. Er war der perfekte Mann und sie war sehr glücklich mit ihm.

Clara parkte ihren Wagen auf einem der Anwohnerparkplätze. Als Linnywi in die Stadtwohnung zog, beantragte sie einen Anwohner- und Besucherparkausweis, damit ihre Schwester und Freunde keine Ausgaben für teure Parkhausgebühren hatten. Clara stellte ernüchternd fest, dass die Stadt wieder einmal mehr als überfüllt war. Doch sie freute sich nur noch auf die nächsten Stunden mit Linnywi. Sie trat in das Treppenhaus ein und folgte den Holzstufen bis zu Linnywis Wohnungstür.

ANZEIGE

Es klopfte an Schröder Bürotür. Die beiden Frauen erschraken und zuckten gleichzeitig zusammen. Die Tür öffnete sich, und ein kleiner Mann mit Schnurrbart steckte seinen Kopf vorsichtig durch den Türspalt hindurch. Er begrüßte Joy und Clara nur mit einem kurzen Kopfnicken.

„Schröder", sagte er leise und forderte Schröder mit einer Kopfbewegung auf, ihm zu folgen. Schröder stand von seinem durchgesessenen Bürostuhl auf und verließ den Raum.

Joy dachte an ihre Zeit im Krankenhaus, als der Beamte Schröder sie beziehungsweise Linnywi mit einem Kollegen besucht hatte. Er hatte sich erhofft, Riko endlich festnageln zu können und wurde von ihr enttäuscht. Linnywi hatte Angst, dass Riko ihr schlimmeres antun könnte, als das, weswegen sie letztendlich in der Klinik war. Joy war es nur Recht. Nur so hatte sie selbst die Möglichkeit Riko heimzuzahlen, was er den beiden Seelen angetan hatte. Wenn Clara nicht gewesen wäre, würde sie nicht hier sitzen. Sie würde Vorbereitungen treffen. Doch als Clara an diesem Morgen an Joys Tür klopfte und sie diese öffnete, war sie mehr als schockiert von dem Anblick, der sich ihr bot. Die Verletzungen waren nicht zu übersehen. Das Gesicht ihrer Schwester war mit Wunden versehen, die Riko beim Demonstrieren der Schnittstellen mit dem Messer hinterlassen hatte. Sie waren nur oberflächlich, aber deutlich erkennbar, genauso wie die Bissspuren am Hals, die sich letztendlich über fast den ganzen Körper verteilten.

Nachdem Schröder den Raum verlassen hatte, nutze Clara die Gelegenheit, um Joy zum Reden zu bewegen.

„Mensch Linny, rede. Die Beamten können dir nicht helfen, wenn du nicht erzählst, was passiert ist."

Joy war genervt von den vielen Fragen. Sie saß nur da und blickte teilnahmslos aus dem Fenster, welches sich ihnen gegenüber befand. Das Büro war nicht sonderlich groß und die Wände waren grau gestrichen. In der Mitte stand dieser Schreibtisch mit insgesamt drei Stühlen. Ein Stuhl für den Beamten und auf den anderen beiden

Stühlen vor dem Tisch saßen Clara und Joy. Nach ein paar Minuten, die Joy wie Stunden vorkamen, kehrte Schröder zurück.

„Ich habe schlechte Nachrichten. Herr Schütt konnte nicht in seiner Wohnung angetroffen werden. Die Tür stand noch offen, als meine Kollegen ankamen. Er musste die Wohnung fluchtartig verlassen haben. Ein paar Kollegen sind unterwegs und halten die Augen in der Umgebung auf."

„Wie kann das sein?", fragte Clara. „Er muss doch irgendwo sein."

Sie wusste, dass Riko jetzt überall sein konnte.

„Herr Schütt hat die Kollegen sicher kommen sehen und weiß höchstwahrscheinlich jetzt, dass Sie uns informiert haben..."

„Er hat mich beobachtet", fiel Joy ihm leise aber bestimmt ins Wort. Clara und der Beamte schauten sich verwundert an.

„Wie kommen Sie darauf, dass er sie beobachtet hat, Frau Landmair?"

Joy sah Schröder in die Augen. Ihr Blick bohrte sich förmlich durch seinen Kopf hindurch. Der kalte Tonfall, den Clara bereits seit diesem Morgen in der Stimme ihrer Schwester wahrnahm, verstärkte sich.

„Er hat mich immer beobachtet. Fast jede Nacht stand er auf der gegenüberliegenden Straßenseite meiner

Wohnung. Ich habe ihn gesehen", sagte sie mit ruhiger Stimme.

„Linnywi! Warum hast du nie etwas gesagt?", Clara versuchte so ruhig wie möglich zu bleiben, doch sie regte sich innerlich sehr darüber auf, dass ihre Schwester scheinbar so wenig Vertrauen zu ihr hatte, dass sie es ihr gegenüber nicht einmal erwähnte.

„Frau Landmair. Wenn Sie uns schon nicht informieren, dann hätten Sie ihre Schwester benachrichtigen können. Ich habe Ihnen bereits im Krankenhaus erzählt, dass Herr Schütt unberechenbar ist."

„Und dann? Was hätten Sie dann getan? Ich habe einmal die Polizei gerufen, die aber nichts Ungewöhnliches feststellen konnte und wieder abgerauscht ist."

Joy war klar, dass es nicht von Vorteil war, wenn Riko nun wirklich von der Anzeige Wind bekommen hatte. Wahrscheinlich würde er sie sogar noch einmal aufsuchen. *Der Schlüssel,* schoss es ihr in den Kopf. Er hatte immer noch Zugang zu ihrer Wohnung. Sie konnte nicht zurück in ihr Zuhause, denn wenn er noch einmal auftauchen würde, dann dort. Sie hatte nicht die Möglichkeit, innerhalb der nächsten Stunden das Schloss zu wechseln. Außerdem würde er sie sicher weiter beobachten. Ihr Leben war jetzt in Gefahr.

Jetzt war der richtige Zeitpunkt, das Angebot von Clara und Ben anzunehmen und vorerst bei ihnen zu wohnen bis endlich alles vorbei war.

Es waren mittlerweile zweieinhalb Stunden vergangen, seit der Beamte Schröder und sein Kollege - auf Claras Anruf hin - zu Joy in die Wohnung kamen, alles untersucht und Beweisstücke mitgenommen hatten. Bevor Clara und Joy den Beamten auf das Revier folgten, bat Schröder Joy darum, ihre Verletzungen von einer Ärztin versorgen und dokumentieren zu lassen. Um überhaupt einen Geschlechtsakt nachweisen zu können, musste untersucht werden, ob sich Samenflüssigkeit, Schamhaare oder eventuelle Verletzungen im Genitalbereich befanden. Die frischen Wunden an ihrem ganzen Körper waren ein weiteres Indiz für eine brutale Vergewaltigung. Das würde später einiges einfacher machen, wenn es um eine Anklage durch die Staatsanwaltschaft ging. Joy stimmte zu. Wenn sie jedoch vorher geahnt hätte, was für eine Tortur diese Untersuchung werden würde, hätte sie sofort abgelehnt. Während sie breitbeinig auf diesem Stuhl saß und sich der Untersuchung unterwarf, wurde ihr noch klarer, was dieser Körper in der letzten Nacht durchgestanden hatte.

Clara hielt Joys Hand und streichelte sie immer wieder. Joy dachte daran, welches Glück die Seelen mit ihrer herzensguten Schwester hatten. Sie bewunderte Clara, dass sie es geschafft hatte, sich dieses perfekte Leben mit Ben aufzubauen. Es war kaum vorstellbar, dass die fünfundzwanzigjährige Clara die jüngere der beiden Schwestern war. Drei Jahre trennten sie und Joy konnte sich nicht daran erinnern, sie mal in einer verzweifelten Lage gesehen zu haben. Sie hatte offensichtlich immer alles richtig gemacht. Claras braune Augen sahen sie immer wieder von der Seite an, doch Joy schaffte es nicht, ihren Blick zu erwidern. Die Scham und die Schuldgefühle durch die Erlebnisse der letzten Nacht wurde dieser Körper nicht los. Vielleicht es verhindert werden können. Vielleicht wäre das alles nicht passiert. Hätte sie Linnywi doch gezwungen, nach dem ersten Schlag zu gehen und sich hilfesuchend an Clara oder die Polizei gewandt. Sie hatte doch die Möglichkeit, diesen Körper jederzeit zu kontrollieren.

„Fangen Sie einfach an zu erzählen, Frau Landmair. Wir nehmen jetzt erst einmal alles auf und ich werde mitschreiben. Beginnen wir damit, was Sie gemacht haben, als sie gestern nach Hause gekommen sind?"

Seit Stunden versuchte Joy sich immer wieder in Linnywis Lage zu versetzen. Sie konnte nichts weiter tun, als zu *berichten,* was geschehen war. Schröder und Clara waren verwundert über Joys emotionslose Intonation, während sie redete. Als würde sie eine Geschichte erzählen, die sie nur von außen betrachtet hatte, jedoch jedes einzelne Detail kannte. Im Grunde war es ja auch so. Nicht sie hatte diese grausamen Dinge durchlebt, sondern die andere Seele. Joy konnte keine Emotionen zeigen, weil sie diese nicht selbst empfunden hatte. Vorspielen konnte man so etwas nicht. Das einzige, was sie empfand, war Mitleid für die andere Seele, Schuldgefühle und unendlichen Hass, den dieser Körper mit sich trug.

Schröder tippte an seinem vergilbten Computer fleißig mit. Er war nicht sonderlich schnell dabei, stellte Joy fest. Immer wieder musste sie ihre Sätze unterbrechen. Joy fröstelte. War es kalt? Die digitale Uhr auf dem Schreibtisch des Beamten zeigte abwechselnd, im Abstand von 3 Sekunden, die Uhrzeit und die aktuelle Gradzahl an: 19:14 Uhr und 20 °C. Die Luft war verbraucht und Joys Augen brannten. Die Stühle waren unbequem. Sie spürte ihren Hintern kaum noch und sie rutschte immer wieder ungeduldig auf dem Stuhl hin und her. Sie war angespannt und sehr müde. *Das wird der Grund sein, warum ich so friere,* dachte sie. Joy war am Ende ihrer Kräfte und Clara ging es ähnlich. Sie hatte Mitleid mit ihrer Schwester. War es doch Clara, die Joy den ganzen Tag unterstützend zur Seite stand und erst dafür sorgte, dass es zu dieser Anzeige kam, obwohl sie selbst darauf verzichtet hätte. Clara meinte es nur gut. Sie selbst hatte allerdings andere Pläne mit Riko. Angesichts des ätzenden Tages, wusste sie nicht, ob sie Clara danken oder verfluchen sollte. Sie wollte einfach nur raus aus diesem Gebäude, an die frische Luft und dann auf direktem Wege ins Bett. Nach dem Arztbesuch hatte sie schon die Schnauze voll und hätte am liebsten einen Rückzieher gemacht.

Endlich war die fertige Anzeige auf Papier und lag ausgedruckt vor ihr. Sie musste sie nur noch unterschreiben. *Alles verschwendete Zeit*, dachte Joy. Sie glaubte nicht an Gerechtigkeit durch die Justiz, weswegen sie sich dazu entschlossen hatte, es in die eigene Hand zu nehmen. Vielleicht hatte die Anzeige auch etwas Gutes. Wenn irgendetwas ihren Plan kreuzen sollte, würde wenigstens etwas gegen Riko vorliegen, was ihn vorerst hinter Gitter brachte. Auch wenn es sich nur um eine lächerliche Strafe handelte, hätte sie zumindest Zeit gewonnen, ihren Plan dann doch noch durchzuführen. Irgendwann.

Sie unterschrieb die Anzeige mit L. J. Landmair. Joy hatte den Raum bereits verlassen und wartete im Flurgang auf ihre Schwester als Schröder stutzig wurde.

„Wofür steht das „J" in der Unterschrift?", fragte

Schröder, während er die Papiere zusammenlegte. Clara schielte auf das Dokument. Sie wunderte sich, dass ihre Schwester so unterschrieben hatte und suchte nach einer Erklärung.

„Das „J" soll wohl für „Joy" stehen", antwortete sie.

„Der Name stand nicht in ihrem Ausweis", hakte Schröder nach.

„Das ist richtig. Unsere Mutter hat sie Joy genannt, bevor sie... naja, bevor unsere Eltern starben. Linnywi hatte als Kind immer alles so sehr genossen und konnte nie genug von den schönen Dingen des Lebens bekommen; ob es Essen war oder das Kuscheln und Spielen mit unserer Mutter. Im Grunde ist sie ja heute nicht anders. Zumindest bis vor einiger Zeit noch. Unsere Mutter leitete diesen Spitznamen von "enjoy" ab, so hat sie es uns immer erklärt. Linnywi bestand jedoch immer darauf, dass nur unsere Mutter sie so nennen durfte."

Clara atmete tief durch.

„Sie hat in der letzten Nacht viel durchgemacht, wissen Sie. Jemand in ihrer Situation krallt sich an jede gute Erinnerung. Mit unserer Mutter verbinden wir wunderbare Momente. Vielleicht ist das der Grund, warum sie dieses Initial in Gedanken dazwischengesetzt hat. Ich könnte mir vorstellen, dass sie sich gerade nichts sehnlicher wünscht, als von unserer Mutter getröstet zu werden.“

Schröder hörte aufmerksam zu und schien gerührt von der Geschichte.

„Passen Sie gut auf Ihre Schwester auf. Sie braucht Sie. Wir melden uns, sobald wir was Neues haben.“

„Danke“, verabschiedete Clara sich und verließ mit Joy das Polizeirevier.

FLUCHT

Nachdem sie das Gelände des Polizeireviers verlassen hatten, fuhren Clara und Joy auf direktem Wege in die Innenstadt.

„Wir werden jetzt schnell das Wichtigste aus deiner Wohnung holen und den Rest erledige ich morgen mit Ben. Du bekommst das große Gästezimmer. Ben ist schon dabei, es für dich herzurichten."

Clara parkte direkt vor Joys Haustür im Halteverbot. Bevor sie ausstieg, schaute Clara sich noch einmal um. Es wäre eine Katastrophe gewesen, wenn jetzt plötzlich Riko vor ihnen stünde. Schröder versicherte ihr zwar, dass er die Gegend um Joys Haus intensiv beobachten lässt, doch sie konnte niemanden entdecken, der ihnen hätte Schutz bieten können, abgesehen von ein paar

Menschen, die ihre letzten Einkäufe vor Ladenschluss erledigten. Sie konnte noch immer nicht verstehen, dass ihre Schwester vergessen hatte, dass Riko noch einen Schlüssel zur Wohnung hatte. Schröder war auch sichtlich überrascht, dass Joy nicht schon längst die Schlösser ausgetauscht hatte.

„Auf geht's. Die Luft ist rein. Lass uns schnell rein und auch schnell wieder raus. Gib mir die Schlüssel." Joy gab Clara bereitwillig die Schlüssel zu ihrer Wohnung und folgte ihr gleichgültig durch den Hausflur nach oben. Ein knackendes Geräusch ließ Clara aufschrecken. Sie blieb stehen und hielt inne. Angestrengt hörte sie ins Treppenhaus, doch auf das Knacken folgte totenstille. Normalerweise hörte man immer aus irgendeiner Wohnung Gelächter, einen Streit oder zu laute Musik. Doch jetzt war es still. Claras Herz klopfte kräftig und ihr war nicht wohl bei der Sache. Sie wäre lieber jetzt schon auf dem Weg zu ihrem Haus.

„Das sind die Treppen, meine Güte", äußerte Joy ungeduldig und trottete an ihrer Schwester vorbei, weiter die Treppen hinauf. Clara folgte ihr. An der Wohnungstür angekommen, legte Clara ihr Ohr auf die Tür um eventuelle Geräusche aus der Wohnung auszumachen. Doch es war ruhig. Joy stand genervt an der Wand gelehnt daneben und rollte mit den Augen, doch das ignorierte Clara. Sie schloss die Wohnungstür auf und stellte erleichtert fest, dass Riko nicht hier war. Sie packten ein paar persönliche Dinge und frische Wäsche ein. Joy dachte an Chi und war gespannt, wie er sich in den letzten Wochen bei Ben und Clara gemacht hatte. Wahrscheinlich war er bereits kugelrund von Bens Leckerlis. Er würde den Hund sogar beim Essen neben ihm am Tisch sitzen lassen, wenn Clara ihn nicht bremsen würde.

Joy sah sich in ihrer Wohnung um. Es war chaotisch. Als Clara heute Morgen bei Schröder angerufen hatte, waren er und sein Kollege Weineck gekommen und hatten sich sehr intensiv umgesehen. Das Schlafsofa untersuchten sie dabei besonders gründlich. Der Gedanke widerte sie an, dass fremde Menschen in die Tiefen ihrer Privatsphäre eindrangen und sich jeden Fleck auf ihrem Sofa genau ansahen und Proben nahmen. Selbst die getragene Unterwäsche, mit der sie am Vorabend schlafen gegangen war, hatten die Beamten mit ihren Gummihandschuhen in eine Plastiktüte gesteckt und mitgenommen. Sie stellte sich vor, wie ein Kriminologe ihren Slip aus der Tüte zog, um Rückstände jeglicher Art genau zu untersuchen. Ein Kloß bildete sich in ihrem Hals und ihre Kehle schnürte sich zu. Sie rannte an Clara vorbei, die Joy sofort folgte.

„Scheiße!", stieß Clara aus.

Joy übergab sich laut würgend in die Toilettenschüssel.

„Lass uns zusehen, dass wir hier wegkommen, Süße", sagte sie während sie Joy den Rücken streichelte und ihre langen Haare hochhielt, damit sie nicht im Toilettenwasser landeten.

Ben hatte sich den ganzen Nachmittag viel Mühe gegeben, um das Zimmer für Joy so angenehm wie möglich herzurichten. Er hatte in Claras Blumenbeet noch ein paar schöne Tulpen gefunden und diese in einer Vase auf dem Nachttisch neben dem Bett platziert. Sie würden sich nicht mehr lange halten, da die Blütezeit für die späten Tulpen dem Ende zuging, doch er wusste, dass sie Claras Schwester aufmuntern würden.

Joys Augen füllten sich mit Tränen, als sie die Blumen sah. Sofort musste sie an ihre Mutter denken. Sie setzte sich auf die Bettkante, als sie hörte, dass Ben gerade vom Spaziergang mit Chi zurückgekommen war. Sie wischte sich die Tränen aus dem Gesicht, stand wieder auf und ging zur Zimmertür, wo ihr schon der kleine Hund entgegenrannte. Er sprang an ihr hoch und begrüßte sie überschwänglich, wobei er quiekende Laute von sich gab. Ben und Clara waren dem Hund nach oben gefolgt. Ben nahm Joy in seine Arme und streichelte ihr liebevoll den Rücken.

„Du brauchst keine Angst haben, Linny. Ich passe auf dich auf, wie ich auch auf deine Schwester aufpasse", versuchte er Joy zu trösten.

„Wer passt denn hier auf wen auf?", erwiderte Clara neckisch und schloss die Fenster im Zimmer. Joy war froh hier zu sein. Sie würde sich ein paar Tage ausruhen und sich dann um die Vorbereitungen kümmern. Sie war immer noch fest entschlossen, Riko für alles schwer büßen zu lassen. Es musste gut durchdacht sein und schnell passieren, denn sie hatte nicht vor, ihn Schröder zu überlassen. Sie selbst würde es regeln und hoffte, dass er sich nicht über alle Berge gemacht hatte. Doch auch das würde sie herausfinden. Irgendwann würde sie ihn finden oder die Polizei. Sollte er verurteilt werden, würde sich ihr Plan lediglich zeitlich verschieben. Sie war fest entschlossen, es zu tun, selbst wenn sie Ewigkeiten darauf warten müsste.

„Wie wäre es, wenn wir nächste Woche ein paar Tage zum Strandhaus fahren?", fragte Ben, während er mit Chi im Zimmer tobte und der Hund freudig auf das Bett hinauf- und heruntersprang.

„Ben, lass das. Der Hund soll nicht auf das Bett. Grundsätzlich ist das mit dem Strandhaus eine gute Idee."

Clara fand die Idee klasse. Sie liebte es, dort zu sein. Dann wendete sie sich Joy zu.

„Du musst am Montag sowieso nochmal zum Arzt. Er wird dich vorerst wieder krankschreiben. Es war ohnehin viel zu früh, dass du wieder mit dem Arbeiten angefangen hast. Du hättest dich länger schonen müssen."

„Es tat mir gut zu arbeiten", erwiderte Joy und sah wieder auf die wunderschönen Tulpen.

„Ich kann vom Strandhaus aus arbeiten und du hattest auch schon lange keinen Urlaub mehr. Die werden dich sicher spontan eine Woche entbehren können", meinte Ben.

Claras Projekte waren abgeschlossen und es war zurzeit nichts in ihrem Büro zu tun, was nicht auch hätte ein paar Tage warten können.

„Also gut. Oh... das wird toll! Wir waren schon lange nicht mehr da. Endlich mal wieder ausspannen und das Meer genießen. Und keine Menschenseele in der Nähe wird uns stören. Was Besseres hätte dir deine Großmutter nicht vererben können, Ben."

„Ja, ich weiß. Es ist allerdings schade, dass es so oft leer steht."

„Wenn wir alt und grau sind, werden wir dort einziehen, mein Schatz", Clara gab ihm einen Kuss und ging zur Tür.

„Komm, Ben. Wir machen noch fix ein paar Sandwiches, damit wir noch was in den Magen bekommen, bevor wir schlafen gehen. Ich bringe dir gleich was hoch, Schwesterherz."

Chi war bei Joy geblieben und machte es sich in ihrem Bett bequem. Sie legte sich zu ihm und vergrub ihr Gesicht in das Fell des kleinen Hundes. Ihre Augen schlossen sich. Sie fiel in einen tiefen Schlaf und fand sich in dem dunklen Raum der Seelen wieder.

„Linnywi, wo bist du?"
Vielleicht finde ich sie in dem Spiegel.
„Linnywi, wo bist du hin? Zeig dich!"
Sie zeigt sich nicht. Ich werde sie nicht finden. Vielleicht kommt sie irgendwann von allein zurück, vielleicht aber auch niemals. Nur Gott weiß, wie sehr das Monster dieser armen Seele geschadet hat.

Clara hatte wunderbare Sandwiches gezaubert und Joy einen Tee zubereitet. Als sie das Zimmer betrat, erhob Chi kurz den Kopf, schmiegte diesen aber sofort wieder an Joy, die tief und fest schlief. Clara seufzte. Sie hätte es lieber gehabt, wenn ihre Schwester vorher noch etwas gegessen hätte. Doch sie wollte sie jetzt nicht mehr wecken. Sie deckte Joy zu und schaltete das Licht aus. Auch wenn sie es nicht gerne sah, dass Chi im Bett lag, ließ sie ihn gewähren und schloss die Tür hinter sich.

„Möchtest du die Sandwiches essen? Sie schläft schon", Clara hielt Ben den Teller unter die Nase.

„Sehr gerne", antwortete Ben mit vollem Mund. Er

liebte Claras Sandwiches.

„Dass du so viel essen kannst und kein Gramm zunimmst...", bemerkte Clara beiläufig.

„Sag mal, Schatz... ist dir aufgefallen, dass Linnywi anders ist?"

„Was meinst du?", fragte Ben, während er noch kaute. Er legte sein Brot auf den Teller und wischte sich mit der Serviette die Krümel vom Mund. Fragend sah er Clara an und wartete auf eine Antwort.

„Naja... sie ist... anders. Das fiel mir damals schon im Krankenhaus auf und seit heute ist es besonders extrem. Ihr Verhalten ist anders, ihre Körperhaltung ist anders, sogar ihre Stimme hat sich verändert. Linnywi benimmt sich merkwürdig. Sie ist so gefühllos, habe ich den Eindruck. Sie lächelt nicht, sie weint nicht, sie redet kaum. Als wäre sie eine Hülle ohne Inhalt."

„Ich dachte sie wäre heiser", witzelte Ben und biss wieder von seinem Sandwich ab.

„Ben! Ich meine es ernst!"

„Clara, mach dir nicht so einen Kopf. Sie ist völlig durch. Denk daran, was sie in den letzten Monaten durchgemacht hat. Naja, und über letzte Nacht brauchen wir ja nicht sprechen. Was meinst du, was solche Dinge mit einem Menschen machen? Hast du von ihr erwartet, dass sie den ganzen Tag heulend in der Ecke sitzt und sich selbst bemitleidet? Heulend im

Mitleid versinken würde sie, wenn es jemand anderen getroffen hätte, der ihr nahesteht. Wenn es um sie selbst geht, ist sie knallhart. Sie will kein Mitleid und deswegen verfällt sie auch nicht in Selbstmitleid, das weißt du."

„Ja, wahrscheinlich hast du Recht. Ich habe einfach nur Angst, dass sie etwas Dummes anstellt. Vielleicht mache ich mir zu viele Gedanken."

Clara dachte wieder an den einen Satz, den ihre Schwester im Krankenhaus so eiskalt geäußert hatte. „Er wird dafür bezahlen", hatte sie gedroht. Wie viel Aufmerksamkeit konnte sie dieser Aussage schenken? Riko war auf der Flucht und konnte bisher nicht gefasst werden. Würde sie versuchen ihn zu finden und sich dadurch in Gefahr begeben?

Ben stellte seinen Teller in die Spülmaschine. Er nahm Clara von hinten in den Arm, die währenddessen noch den Tresen von Krümeln befreite.

„Mach dir keine Sorgen. Nächste Woche machen wir uns ein paar schöne Tage im Strandhaus. Deine Schwester wird dort Kraft tanken können und dann sehen wir weiter."

„Ja, das machen wir. Ich freue mich schon sehr darauf. Ich liebe die Einsamkeit dort", Clara gab Ben einen Kuss und sie gingen ins Bett.

STRANDHAUS

Der warme Fahrtwind wehte durch das geöffnete Fenster und wirbelte Joys Haare wie kleine Blätter in einem Sturm durch die Luft. Sie schmeckte bereits die salzige Meeresluft und nahm tiefe Atemzüge, um so viel wie möglich von dieser reinen Luft einzusaugen, während Chi neben ihr auf dem Rücksitz lag. Ben hielt Claras Hand und steuerte das Lenkrad mit der anderen. Die Sonne ging bereits unter, als sie das Strandhaus erreichten. Clara hatte Recht. Es war einsam hier, sehr einsam. Die Grenze hatten sie lange hinter sich gelassen. Sie hatten die Hauptstraße verlassen und folgten einer schmalen Straße, bis sich vor ihnen ein kleines, rotes Holzhaus mit Reetdach aus den Dünen erstreckte. Clara erzählte ihr während der Fahrt, dass sie das Haus im letzten Jahr mit diesem falunrot haben streichen lassen. Die Farbe wurde ihnen direkt aus Schweden geliefert. Sie fand, dass sie eine wohlige Wärme ausstrahlte, womit sie Recht hatte. Ein toller Nebeneffekt war, dass diese Farbe einen besonderen Schutz gegen die Witterung bot, was besonders hier von Vorteil war.

Weit und breit war kein weiteres Haus zu sehen. Sie waren völlig allein in dieser Gegend. Ben parkte den Wagen. Als Joy ihre Autotür öffnete, sprang Chi über ihren Schoss nach draußen und lief durch die Dünen, bis er nicht mehr zu sehen war. Joy stieg ebenfalls aus und ging in dieselbe Richtung, in die ihr Hund gelaufen war. Der Wind streichelte angenehm ihre Haut. Als sie auf einer mit Schilf bewachsenen Düne stand, hielt sie kurz den Atem an. So etwas hatte sie noch nie zuvor gesehen. Die von Touristen überlaufene Ostseeküste war nicht weit entfernt von ihrer Stadtwohnung. Einen wirklich einsamen Platz am Strand gab es dort nicht, jedenfalls kannte sie keinen. Nur selten fuhr sie ans Meer. Nun blickte sie auf einen menschenleeren Strand. Von ihrem Standpunkt aus bis zum Wasser konnten es nicht mehr als zweihundert Meter sein. Die Sonne stand kurz über dem Horizont und wirkte, als würde sie jeden Moment ins Meer eintauchen. Sie sah Chi, wie er aufgeregt am Strand herumlief. Als er Joy entdeckte, kam er freudig zurück gerannt, lief jedoch an ihr vorbei und sprang um Bens Beine herum. Joy blickte weiter auf die Nordsee, während Clara dazu kam und sich neben sie stellte.

„Schön hier, oder?", fragte Clara leise. Joy nickte und hielt ihr Gesicht mit geschlossenen Augen in den Wind. Ben trug währenddessen die Koffer ins Haus und brachte sie auf die jeweiligen Zimmer.

„Komm, wir gehen rein. So wie ich Ben kenne, wird er sicher gleich den Kamin anmachen, auch wenn es nicht nötig wäre. Aber er liebt es halt gemütlich."

Joy folgte Clara ins Haus. Sie war fasziniert von der Inneneinrichtung. Das konnte nur Claras Werk gewesen sein. Sie liebte es, wenn ein geradliniger und moderner Wohnstil mit antiken Möbelstücken kombiniert wurde. Im Erdgeschoss befand sich auf der linken Seite ein gemütlicher Wohn- und Essbereich mit einem großen Kamin. Rechts vom Eingang war eine offene und großzügige Küchenzeile. In der Mitte des Raumes führte eine offene Holztreppe hinauf in die erste Etage. Oben gab es zwei Schlafräume, ein Büro und ein modernes Badezimmer. Die Schlafräume waren in Richtung Westen gelegen und boten einen wunderbaren Blick auf das Meer.

„Gefällt dir das Zimmer?", fragte Ben, obwohl er die Antwort schon kannte.

„Ja, sehr sogar", antwortete Joy leise, während sie das

Fenster öffnete. Sie beobachtete, wie die rötlich schimmernde Sonne langsam ins Meer sank. Sie konnte das Geräusch der sich brechenden Wellen hören. *Als würde das Meer der Sonne applaudieren, dass sie wieder einen Tag geschafft hat*, dachte sie. Sie überlegte, wie es wohl wäre, in dieser Einsamkeit zu leben. Nachdem, was innerhalb des letzten Jahres alles geschehen war, würde sie mittlerweile solch einen Ort der Stadt vorziehen. Und wenn es nur vorübergehend war. Einfach allem entfliehen und einsam und verlassen in der Abgeschiedenheit leben. Vielleicht sollte sie irgendwo ganz neu anfangen. *Doch zuerst habe ich noch etwas zu erledigen*, riss sie sich selbst aus den Gedanken. Sie schaute sich nach ihrem Koffer um und fing an, ihre Sachen in den vorhandenen Schrank zu räumen.

„Oh man, riecht das gut. Ich habe einen Bärenhunger. Wenn ich noch ein Glas Wein auf nüchternem Magen trinke, bin ich gleich betrunken", meinte Clara und leerte ihr Weinglas mit einem Schluck.

Ben hatte sich in der Küche nützlich gemacht und bereitete das Abendessen zu, während Clara es sich in Jogginghosen und wild zusammen gebundenen Haaren auf dem Sofa gemütlich gemacht hatte. Chi lag neben ihr und schlummerte. Zum Abend wurde es hier kühler und Ben hatte den Kamin angezündet, damit sich eine wohlige Wärme im Haus ausbreiten konnte. Während er die Pasta im Topf rührte, nippte er immer wieder an seinem Rotwein.

„Ich glaube, es gefällt ihr hier", meinte Ben und zeigte mit seinem Glas die Treppe hinauf, als wollte er durch die Wände auf Joy zeigen.

„Ich habe ihre leuchtenden Augen gesehen, als sie aus ihrem Zimmerfenster blickte", fügte Ben hinzu.

Clara wusste nicht, wie sie das Verhalten ihrer Schwester einordnen sollte. Sie war während der ganzen Fahrt sehr schweigsam gewesen. Seit sie hier angekommen waren, war sie nicht mehr aus ihrem Zimmer gekommen.

„Ich hoffe, du hast Recht, Ben. Vielleicht kann sie sich hier etwas entspannen. Es wäre nur schade, wenn sie sich für die nächsten Tage in ihr Zimmer sperrt."

In diesem Moment kam Joy die Treppe herunter. Sie war hungrig und hatte das Essen gerochen. Ben stellte ihr ein Glas für den Wein auf die Küchenzeile.

„Wein?", fragte er Joy und hielt dabei die Flasche Rotwein hoch. Ja, Wein konnte sie im Moment sehr gut brauchen. Sie ging auf ihn zu, nahm ihm die Flasche Wein aus der Hand und trank einen großen Schluck daraus. Ben musste grinsen, zog die Augenbrauen hoch und sah Clara an.

„Linny! Muss das sein? Möchtest du vielleicht ein

Glas haben?", fragte Clara verärgert. Es sollte eigentlich keine Frage sein, sondern mehr eine Bitte.

„Nein, danke. Geht schon", erwiderte sie trocken und setzte sich an den Esstisch.

„Ben, hör auf zu grinsen. Ich finde das nicht komisch."

Clara war innerlich aufgebracht darüber, dass ihre Schwester offensichtlich vorhatte, die Flasche allein zu leeren. Grundsätzlich sah sie das entspannt, sie hatten genug davon mitgebracht. Doch in der Situation, in der sich ihre Schwester befand, fürchtete sie, dass es ihr nicht um den Genuss des Weins ging, sondern um eine bewusste Betäubung ihres Gedächtnisses.

In dieser Nacht leerte Joy noch eine weitere Flasche.

Die Sonne ging gerade auf. Joy hatte sich ihre Jogginghose, einen grauen Kapuzenpullover und ihre Sportschuhe angezogen. Sie verspürte den Drang, sich auszupowern zu müssen. Da es hier nicht viele Möglichkeiten gab, entschied sie sich für das Laufen am Strand. Sie ging langsam die Dünen hinunter. Clara hatte ihr gestern beim Abendessen erzählt, dass der Strand in die linke Richtung menschenleer war. Dort kam für die nächsten Kilometer kein Haus mehr. In die andere Richtung würden sich alle paar hundert Meter vereinzelt Häuser direkt am Strand befinden. Joy entschied sich nach links in Richtung Süden, direkt am Wasser entlang zu laufen. Der Sandboden war in Wassernähe schön fest und ideal zum Laufen. Sie spürte, wie gut ihr die Morgenluft tat. Der dumpfe Schmerz in ihrem Kopf, mit dem sie aufwachte, war fast verschwunden. Sie hatte in der Nacht mit Alpträumen gekämpft. Die zwei Flaschen Wein, die sie vorher getrunken hatte, hatten sie auch nicht ruhiger schlafen lassen. Ihre Socken rieben unangenehm auf den Wunden an ihren Knöcheln. Die oberflächlichen Schnitte in ihrem Gesicht waren kaum noch zu sehen und würden keine Narben hinterlassen, doch die tiefen Verletzungen durch die Knebel brauchten ihre Zeit zum heilen. Eine innerliche Aggression stieg in ihr auf, wodurch sie immer schneller rannte. Mehr und mehr steigerte sie sich in die Wut gegen Riko und sich selbst. Immer wieder fragte sie sich, wie es soweit kommen konnte. *Wieso haben wir ihn nicht früher verlassen? Warum zum Teufel waren wir bei diesem Monster geblieben? Warum haben wir uns nicht gewehrt?*

Ein Gedankenblitz aus jener Nacht, in der Riko sie vergewaltigt hatte, ließ sie straucheln, doch sie konnte sich fangen und blieb stehen. Ihre Augen füllten sich mit Tränen und ein Druck baute sich in ihrer Brust auf, dass sie das Gefühl hatte, sie würde platzen. Sie schrie. Sie schrie so laut sie konnte auf das Meer hinaus bis ihr die Luft zum Atmen wegblieb. Dann hielt sie inne. Joy hörte, wie die Wellen im seichten Wasser brachen und sie ließ sich in den Sand fallen. Es war Linnywis Schrei, der aus den Tiefen ihres Unterbewusstseins an die Oberfläche des Körpers gelangte. Joy ließ diesen Schrei hinaus, wie ein Ventil, das geöffnet wurde um Druck abzulassen.

„Ich werde es in Ordnung bringen", sagte sie leise, als würde sie mit der anderen Seele sprechen. Sie erhob sich aus dem Sand und machte sich langsam auf den Rückweg zum Strandhaus.

UNERWARTETER ANRUF

Als Joy die Augen öffnete, fiel ihr Blick auf das Fenster. Regentropfen liefen wie Tränen an den Scheiben herunter. Gerne wäre sie noch länger im Strandhaus geblieben, wo sie sich so wohl gefühlt hatte. In der letzten Nacht hatte sie wieder schlecht geschlafen, wie so oft. Nur mit genug Alkohol konnte sie überhaupt in den Schlaf finden. Die Schlaftabletten, die sie von ihrem Arzt bekommen hatte, nahm sie nur dann, wenn auch der Alkohol nicht mehr wirkte. Sie wusste, dass das eine riskante Kombination war, doch es war ihr egal. Sie würde erst wieder zur Ruhe kommen, wenn sie dem Monster die Kehle durchgeschnitten hätte.

Joy schaute auf die Uhr. Es war fast elf. Clara war bereits aus dem Haus und Ben saß mit dem Hund in seinem Büro über seiner Arbeit.

Joy ging ins Bad und duschte ausgiebig. Sie hatte ihr Handy auf das Regal gelegt. Sie konnte durch die milchige Duschwand erkennen, dass das Display ihres Telefons aufleuchtete. Irgendjemand rief sie an. Doch wer hätte das sein können? Clara hatte ihr eine neue Telefonnummer besorgt, was aufgrund der nachweisbaren Umstände ziemlich schnell passierte. Doch niemand außer Clara, Ben, ihre Freundin Rebecca und Schröder hatten die Nummer bekommen. Dann schoss ihr ein Gedanke durch den Kopf. Schröder! Er hatte Riko gefunden! Wahrscheinlich würde Riko jetzt irgendwo in einem Raum bei Schröder sitzen und sich den unangenehmen Fragen stellen müssen.

Joy verließ die Dusche und wickelte ein Handtuch um ihren Körper und ein Kleineres um ihr Haar, das wie ein Turban auf ihrem Kopf saß. Dann sah sie auf ihr Handy. Der Anrufer hatte schon wieder aufgelegt. Sie kannte die Nummer nicht, woraus sie schlussfolgerte, dass es nur Schröder gewesen sein konnte, denn Bens, Rebeccas und Claras Nummer hatte sie eingespeichert und wären auf dem Display namentlich angezeigt worden. Joy überlegte, ob sie zurückrufen sollte. Er hatte wahrscheinlich Clara angerufen, nachdem er Joy nicht erreichen konnte. Doch Joy war neugierig. Sie hoffte, dass sie Riko nicht gefunden hatten, denn um ihn wirklich verurteilen zu können, würde sie vor Gericht noch einmal alles erzählen müssen. Das war das letzte, was sie wollte. Sie wünschte sich nicht, ihn hinter Gittern zu sehen, sondern in einem Loch, auf dessen toten Körper *sie* die Erde kippte. Sie drückte auf die unbekannte Nummer in der Liste der verpassten Anrufe. Ein Freizeichen ertönte. Es dauerte eine gefühlte Ewigkeit, bis der Ton verstummte, was ihr sagte, dass jemand abgenommen haben musste. Sie rechnete jeden Moment mit einem „Schröder" oder „Hallo", aber nichts. Ein paar Sekunden später, die ihr wie Minuten vorkamen, brachte sie selbst ein „Hallo?" über die Lippen.

Wieder lange Sekunden Stille. Doch dann...

„Baby... schön, dass du anrufst...", Joy blieb die Luft weg. Damit hatte sie nicht gerechnet. Wie ist dieses Schwein an ihre Nummer gekommen? Vielleicht hatte er sie sich von Rebecca geben lassen. Ihre Hände zitterten.

„Ich werde dich umbringen, du dreckige Schlampe!"

Die zuerst sanfte Begrüßung schlug in ein wütendes Brüllen um. Joy hielt das Telefon für einen Moment von ihrem Ohr weg. Sollte sie auflegen? Nein! Sie atmete tief durch. Sie wusste, das war ihre Chance, um ihn irgendwie aus der Reserve zu locken, damit sie endlich ihre Genugtuung bekam. Sie hielt das Handy wieder ans Ohr.

„Hör mir genau zu. Du Hurensohn wirst dafür zahlen. Nicht *du* bist derjenige, der mich umbringen wird. Ich werde es sein, die dir das Messer langsam und mit einem Lächeln im Gesicht durch deine Halsschlagader ziehen wird. Dein Blut wird pulsierend aus deinem Hals schwappen, während ich dabei zusehe, wie du an Kraft verlieren und verrecken wirst. Vorher jedoch, wirst du dich danach sehnen, dass du durch diesen Schnitt befreit wirst, denn du wirst Höllenqualen durchleben. Ich werde dir deinen verdammten Schwanz abschneiden und *du* darfst in erster Reihe dabei zusehen."

Die Tonlage ihrer Stimme hatte etwas Bedrohliches. Dunkel und heiser, wie im Krankenhaus, als Clara die Stimme von Joy das erste Mal hörte und sie ein beklemmendes Unbehagen überkam.

Joy lachte laut ins Telefon. Ohne einen weiteren Ton von sich zu geben, legte Riko auf. Joy lächelte beim Anblick ihres Displays „Anruf beendet". Genau darauf hatte sie gewartet. Er würde nun vor Wut kochen und alles dafür tun, in Joys Nähe zu kommen, um erneut seine Macht zu demonstrieren. Doch sie würde vorbereitet sein. Sie war sich sicher, dass er vor ihrer Wohnung auftauchen würde, wahrscheinlich sogar an diesem Abend. Und Joy würde auf ihn warten.

WIE EIN GEIST

Joys Herz schlug schneller als sonst. Sie zog sich dunkle Sachen an, damit man sie in der Dunkelheit nicht gut erkennen konnte. Die Kapuze ihrer Jacke zog sie tief ins Gesicht. Jemand, der sie gut kannte, würde sie auf der Straße wahrscheinlich erst auf den zweiten Blick erkennen. Wichtig war jedoch, dass selbst wenn Riko sie sah, er nicht sofort auf seine Exfreundin schloss. Ihre Aufregung steigerte sich und ein Bauchkribbeln breitete sich aus. Sie fühlte sich, wie vor einem ersten Date, allerdings ohne ein Zeichen der Vorfreude. Nein, sie war aufgeregt, weil es im schlimmsten Fall um ihr Leben ging, falls er sie entdecken würde. Sie kannte sich in der Gegend, um ihre Wohnung herum, besser aus als Riko und wusste über jede Ecke und jeden Schlupfwinkel in der Nähe Bescheid. Wenn sie mit Chi in den Park ging, war sie oft durch die Nebenstraßen gelaufen, die alle irgendwie miteinander verzweigt waren.

Clara würde sie kaum vermissen. Joy erwähnte beim gemeinsamen Abendessen beiläufig, dass sie sich nicht gut fühle und deshalb früh zu Bett ginge. Clara würde sie an dem Abend nicht mehr stören, sodass sie sich aus dem Haus schleichen konnte. Joy wollte vermeiden, dass Clara oder Ben etwas von ihrem Vorhaben mitbekamen. Wie hätte sie den Ausflug in ihrem Aufzug auch erklären sollen? Zuhause lief sie öfter in solchen Klamotten herum, doch Clara wusste genau, dass sie so normalerweise nicht auf die Straße ging.

Sie vermutete, dass Riko vor Einbruch der Dunkelheit nicht auftauchen würde. Zu groß war die Gefahr, dass er von einer Polizeistreife entdeckt würde. Die Dämmerung brach langsam ein. Jetzt war der richtige Zeitpunkt. Clara und Ben hatten es sich im Wohnzimmer gemütlich gemacht und starrten gebannt auf den Fernseher. Joy fragte sich, wie man sich als Pärchen immer wieder irgendwelche Liebeskomödien ansehen konnte. Die Filme waren alle gleich. Sie fingen dramatisch an und endeten immer in einer glücklichen Beziehung, egal welche Voraussetzungen geschaffen waren. Völlig an den Haaren herbeigezogen, wie Joy fand. Sie hatte nichts übrig für solche Filme. Chi lag auf dem Boden und hob nur kurz den Kopf, als sie am Wohnzimmer vorbei schlich, blieb aber liegen und rührte sich nicht weiter. Sie öffnete vorsichtig die Haustür und schloss sie mit ihrem Schlüssel wieder, indem sie ihn so drehte, als würde sie das Schloss öffnen wollen. Dann zog sie die Tür vorsichtig zu und drehte den Schlüssel in die andere Richtung. So vermied sie das Klacken des Schlossen, das beim Zuziehen zu hören gewesen wäre. Mit zügigen Schritten ging sie zu ihrem Auto, setzte sich hinein und ließ ihn im Leerlauf die Einfahrt herunterrollen. Hätte sie den Motor schon auf dem Parkplatz vor dem Haus gestartet, hätte es sicherlich einer von ihnen mitbekommen und wäre stutzig geworden. Bisher klappte alles reibungslos. Sie dachte allerdings kurz darüber nach, wie sie es später schaffen würde, unbemerkt zurück in ihr Zimmer zu kommen, denn Chi würde sofort anschlagen, sobald er nur das kleinste Geräusch hörte. Aber darüber wollte sie sich noch nicht den Kopf zerbrechen. Jetzt war es wichtig, dass sie herausfand, wo sich Riko aufhielt. Sie parkte ein paar Straßen abseits ihrer Stadtwohnung.

Die Hauptverkehrsstraßen wurden von Straßenlaternen beleuchtet. Die Nebenstraßen waren dunkel und wurden nur an den Querstraßen durch Laternen in ein schwaches Licht getaucht. Die engen Gassen hatten etwas Mystisches. Es hatte aufgehört zu regnen und in der milden Nacht stieg die Feuchtigkeit nebelig vom Boden auf. Es passte zu Joys Stimmung, stellte sie fest, als sie an ihrem Ziel angekommen war. Von diesem Standpunkt aus hatte sie einen idealen Blick auf ihre Wohnung und auf die Umgebung. Sie war in der Dunkelheit gut geschützt und hatte einen optimalen Fluchtweg für den Notfall hinter sich. Es war mitten in der Woche, sodass sich nur wenige Menschen um diese Uhrzeit in der Stadt aufhielten, was die Straße sehr übersichtlich machte.

Lange musste sie nicht warten. Ein ihr unbekannter Wagen mit Hamburger Kennzeichen fuhr langsam die Mühlenstraße entlang. Auffällig war das Verhalten des Fahrers. Auf Höhe ihrer Wohnung stoppte das Auto kurz und der Fahrer starrte nach oben zu den Fenstern des Hauses. Der Wagen fuhr wieder an und bog in die nächste Straße ein. Ob es Riko war? Das Verhalten war zu auffällig. Sie dachte wieder an das Telefongespräch. Offenbar war er außer sich vor Wut, dass er das Risiko einging und sich in der Stadt blicken ließ. Am Tag, im Schutze der Menschenmassen, wäre er weniger aufgefallen als zu dieser Stunde mit einem Hamburger Kennzeichen. Sie hatte einen idealen Blick und konnte die Gegend gut beobachten, ohne selbst gesehen zu werden. Aus der Straße, wo eben noch der ominöse Fahrer eingebogen war, tauchte eine große, dunkle

Gestalt auf und kam zielstrebig auf sie zu. Sie ging ein paar Schritte zurück in die dunkle Gasse, wobei sie die Person immer im Auge behielt. Sie selbst war in ihrem dunklen Outfit kaum noch in der Dunkelheit auszumachen. Die Gestalt kam immer näher. Ihr Herz raste. Sie erkannte nun sehr deutlich, dass es sich um Riko handelte. Sein Gesicht mit der markanten Nase war unverwechselbar. Immer wieder drehte er sich in alle Richtungen, als würde er Ausschau nach etwas oder jemandem halten. Wahrscheinlich hatte er Angst von einem Streifenwagen entdeckt und aufgegriffen zu werden. Dann wäre der Ausflug für ihn vorerst vorbei und Joy müsste noch länger auf ihre Genugtuung warten.

Riko war nur noch ein paar Meter von der Gasse entfernt. Joy drängte sich in eine Nische und hielt den Atem an. Offensichtlich hatte Riko sich ebenfalls genau diesen Platz ausgesucht. Dann fiel es ihr wieder ein. Das war genau die Position, an der sie so oft jemanden in der Nacht von ihrem Fenster aus gesehen hatte, der ihre Wohnung beobachtete. Sie vermutete zu dieser Zeit bereits, dass es sich um Riko handelte.

Er stand höchstens fünf Meter von ihr entfernt. Sie hoffte, dass er hier nur kurz verweilen würde und dann weiterginge. Wenn er sie entdecken würde, wäre es aus mit ihr. Sie zitterte am ganzen Körper und hoffte, dass

Riko das Schlagen ihres Herzens nicht hörte, welches beinahe aus ihrer Brust zu springen schien. *Geh' endlich weiter, du Arschloch,* dachte sie. Doch Riko blieb genau an der Stelle stehen, wo sie selbst bis vor ein paar Minuten noch gestanden hatte. Ihr Hass auf Riko verstärkte sich immer mehr. Gerne wäre sie aus ihrem Versteck gekommen, hätte sich von hinten angeschlichen und ihm einfach die Kehle durchgeschnitten. Sie hätte es genossen. Doch so einfach wollte sie es ihm nicht machen. Er sollte leiden, wie die Seelen gelitten hatten.

Plötzlich verließ Riko seine Position und überquerte die Straße. Joy wunderte sich, was er jetzt vorhatte. Er betrat den Eingang des Hauses, in der sich Joys Wohnung befand. Sie sah auf ihre Armbanduhr, welche ihr anzeigte, dass es kurz vor Mitternacht war. Ein paar Minuten vergingen, bis Riko wieder aus dem Hauseingang austrat. Offensichtlich hatte er sich davon überzeugen wollen, ob Joy in der Wohnung war. Er sah gefrustet aus. Sie fragte sich, ob Riko versucht hatte in die Wohnung zu kommen. Wenn ja, hatte er nun festgestellt, dass der Schlüssel nicht mehr passte. Ben hatte ihr das Schloss gewechselt, nachdem er erfuhr, dass Riko noch einen Schlüssel zu ihrer Wohnung hatte. Joy schmunzelte, denn sie wusste, dass es ihn nun wahnsinnig machte, nicht zu wissen, wo sie sich befand.

Riko ging zurück und bog wieder in die Straße ein, wo er offensichtlich den Wagen geparkt hatte. Er musste sich das Auto geliehen haben. Ihr war allerdings nicht bekannt, dass er Freunde in Hamburg hatte. Eines hatte Joy bei ihrer nächtlichen Aktion allerdings nicht bedacht. Sie rechnete damit, dass er zu Fuß kommen würde, da ihm sicher klar war, dass nach seinem Auto gesucht wurde. *Verdammte Kacke*, dachte sie. Folgen konnte sie ihm nun nicht. Ihr Wagen stand ein paar Straßen weiter und sie würde es nicht schaffen, ihn einzuholen. Doch ihr kam der Gedanke, dass Riko vielleicht nochmal zu seiner Wohnung fahren würde, auch wenn das Risiko bestand, dass die Polizei ihn dort aufgabeln könnte. Joy rannte durch die dunklen Gassen, zurück zu ihrem Auto und fuhr in Richtung Norden. Sie parkte ihren Wagen in einer dunklen Ecke, etwa zweihundert Meter von Rikos Wohnung entfernt. Hier würde er den Wagen nicht entdecken. Die Straßen waren hier, außerhalb des Stadtgebiets, nicht gut beleuchtet, sodass ihr die Dunkelheit einen guten Schutz bot, während sie auf das Gebäude zuging. Einzig vor dem alten Fabrikgebäude, in der sich Rikos Wohnung befand, leuchtete eine schwache Straßenlaterne. Die war von der Witterung der letzten Jahre jedoch so verschmutzt, dass sie nur noch wenig Licht abgab. Es reichte gerade aus, um den Parkplatz vor dem Gebäude in ein weiches Dämmerlicht zu tauchen. Kein Auto und keine Menschenseele waren hier um diese Zeit unterwegs. Vorsichtig näherte sie sich der alten Fabrik. Sie beschloss, über die Rückseite, durch den alten Notausgang, in das Gebäude zu gehen. Es wäre eine Katastrophe, in dieser öden Umgebung, unerwartet auf Riko zu treffen.

Sie musste etwas Kraft aufwenden, um die schwere Hintertür zu öffnen. Sie war mit einem Selbstschließmechanismus versehen. Als die Tür sich hinter ihr mit einem klackenden Geräusch schloss, fuhr ihr ein kurzer Adrenalinstoß durch den Körper. Links von ihr befand sich ein alter, großer und halb verrosteter Gabelstapler. Um in die Nähe des Treppenhauses zu gelangen, musste sie durch eine weitere schwere Stahltür, die dann in die große Halle im Erdgeschoss führte, welche man auch von der Laderampe aus einsehen konnte. Riko hatte ihr das komplette Gebäude letztes Jahr gezeigt und eine Art Führung mit ihr gemacht. Linnywi hatte ihm von ihrem ständigen Unbehagen beim Betreten des Gebäudes erzählt, worauf er ihr jede Ecke des Hauses zeigte, während er sich über ihre Angst lustig machte. Joy hingegen hatte keine Probleme, sich hier in der Dunkelheit aufzuhalten. Ängste dieser Art kannte sie nicht. Allerlei Schrott, altes Werkzeug, Bretter und Kabel lagerten in kleineren Nebenräumen und Ecken im hinteren Bereich des Gebäudes. Man konnte von Glück sprechen, dass sich in diesem Gebäude offenbar noch niemand ausgetobt und dabei verletzt hatte. Ein paar Jugendliche hätten hier sicher ihren Spaß, was jedoch nicht ganz ungefährlich war.

Joy konnte die Laderampe durch den großen Durchgang der Halle bereits sehen. Das spärliche Licht der Straßenlaterne drang nur schwach hindurch. Sie war fast angekommen, als sie Geräusche hörte. Jemand kam die Stufen des Treppenhauses herunter. Vielleicht war es tatsächlich Riko, was jedoch nur eine Vermutung war. Die Taschenlampe, die sie eben noch zum Durchqueren der Halle benutzt hatte, schaltete sie aus, um nicht entdeckt zu werden. Die regelmäßigen Schritte, die immer wieder ein kratzendes Geräusch auf die von Sand und Staub bedeckten Betonstufen hinterließen, näherten sich. Im Dunkeln konnte sie nicht zurück zum Hinterausgang laufen. Das Risiko, über irgendwelche herumliegenden Gegenstände zu stolpern war zu groß, außerdem hätte man ihre schnellen Schritte wahrscheinlich gehört. Sie drückte ihren Rücken, ein paar Meter neben Durchgang, an die Wand und blieb regungslos stehen. Sie würde einfach warten, bis diese Person das Gebäude verlassen hatte. Die Schritte, die sich noch vor einigen Sekunden immer weiter in die Nähe des Eingangs bewegten, verstummten plötzlich. Hatte diese Person irgendetwas gehört und war deshalb stehengeblieben? War es Riko? Selbst wenn er es nicht war, durfte man sie hier nicht entdecken. Wie sollte sie erklären, dass sie sich in dem Gebäude aufhielt, in dem ihr Exfreund wohnte, den sie angezeigt hatte und nun auf der Flucht war? Joy war angespannt und nervös. Sie bebte am ganzen Körper. Wenn es Riko war und er sie entdecken würde, wäre sie geliefert. Sie hob ihren linken Fuß, um einen weiteren Schritt tiefer in die Dunkelheit zu machen. Beim Absetzen spürte sie, wie sie mit ihrer Fußspitze irgendetwas berührte. Ein lautes metallisches Poltern schallte durch das Gebäude. Ihr Herz raste. Am liebsten hätte sie ein lautes „Scheiße!" gerufen. Ohne zu atmen, horchte sie in die Dunkelheit. Die Schritte, die verstummt waren, bewegten sich wieder. Langsam kamen sie näher. Ein Schatten am Boden des Eingangs verlängerte sich immer weiter in die Halle hinein, bis die Gestalt selbst genau im Eingang stand. Es war Riko. Er richtete sein Handy, welches als Taschenlampe fungierte, in die Halle hinein. Im Halbkreis suchte er die Dunkelheit ab. Sie musste sich etwas einfallen lassen. Gleich stünde sie im Licht, welches er auf sie richten würde. Er war nur ein paar Meter von ihr entfernt. Was sollte sie jetzt nur tun? Sie hätte aus ihrer dunklen Ecke springen, Riko überraschend zur Seite schubsen und durch den Vordereingang verschwinden können. Ihre Brust schnürte sich zusammen und ein dicker Kloß bildete sich in ihrem Hals. Ihre Hände waren schweißnass und zitterten. Sie musste es irgendwie schaffen, sich zu beruhigen und einen klaren Kopf bekommen - und das möglichst schnell.

Joy schloss die Augen und atmete tief ein. Ihre Nervosität, von ihm entdeckt zu werden, schlug in Bruchteil von Sekunden in Hass und Verachtung um. Vor ihren Augen tauchten blitzartig vereinzelte Erinnerungen von Rikos Gesicht auf, während er zum Schlag ausholte, sie beschimpfte und er lüstern auf ihr lag. Noch mehr Wut stieg in ihr hoch. Sie spürte plötzlich eine unmenschliche Kraft in sich und hatte das Gefühl, Bäume ausreißen oder Gebäude mit ihren bloßen Händen erheben zu können. Sie bückte sich vorsichtig und suchte den Boden mit ihren Fingern ab. So weit entfernt konnte der Gegenstand nicht liegen, den sie umgestoßen hatte. Da war es! Sie hob es auf und spürte, dass es ein Metallrohr war. Ihre Hände umschlossen das Rohr mit aller Kraft, während sie sich langsam wieder aufrichtete. Ihre innere Unruhe verschwand. Sie atmete ruhig und regelmäßig. Ihre Lippen formten ein hämisches Lächeln während ihre Augen im auf sie gerichteten Lichtkegel unheilvoll und hasserfüllt funkelten.

„Sieh mal an, wer Sehnsucht nach mir hat."

Rikos Worte verstummten mit dem metallischdumpfen Aufprallgeräusch.

PLANÄNDERUNG

Wie in Zeitlupe sah Joy, wie Rikos Kopf herumgeschleudert wurde und sein Körper auf den Betonboden knallte. Er rührte sich nicht mehr. Sie ließ das Rohr fallen, was wieder einen lauten Schall in der Halle hinterließ. Das Adrenalin pumpte mit ihrem kräftigen Herzschlag durch den Körper. Eine tiefe Platzwunde klaffte auf Rikos Wangenknochen. So war das nicht geplant. Ihre eigentlichen Vorbereitungen waren noch nicht abgeschlossen. Andererseits hatte sie alles in diesen Hallen, was sie vorerst benötigte. Ihr war klar, dass sie vielleicht keine bessere Gelegenheit bekommen würde.

Zuerst musste Riko irgendwo gefesselt werden, damit er nicht flüchten konnte. Sie wusste, dass sich in den

Nebenräumen Seile und weitere Materialien befanden, die sie nutzen konnte. Mit Hilfe ihrer Taschenlampe machte sie sich zügig auf den Weg in den hinteren Bereich der Halle, wo sich die kleineren Lagerräume befanden. Sie musste sich beeilen. Es war nur eine Frage der Zeit bis Riko aufwachen würde. Sie hatte ihn offensichtlich ziemlich hart und an der richtigen Stelle getroffen, sodass er direkt bewusstlos umfiel. Hektisch suchte sie zwischen dem Schrott und Werkzeug nach irgendetwas, womit sie Riko fesseln konnte. In einer Kiste fand sie zwischen Schraubendrehern, Zangen und einem Hammer auch schwarze Kabelbinder. Sie fasste in die Kiste und nahm sich ein paar von den großen Kabelbindern heraus und hielt kurz inne. Ihr Blick fiel auf den Hammer.

Ich könnte ihm auch einfach jetzt den Schädel einschlagen.

Doch sie verwarf diesen Gedanken wieder und ging zurück zu der Stelle, wo Riko immer noch in derselben Position auf dem Boden lag. Ihr blieb nicht mehr viel Zeit, bis er wieder zu Bewusstsein kommen würde. Mit Hilfe der Kabelbinder band sie zuerst seine Hände und dann seine Füße zusammen. Das wichtigste war getan. Er konnte sie jetzt nicht mehr angreifen oder flüchten, sollte er plötzlich erwachen. Joy sah sich um. Irgendwo musste sein Handy hingeflogen sein, als er umgefallen war. Es lag nicht weit von Riko entfernt auf dem Boden. Joy hob es auf und steckte es ein, dann packte sie seine Arme und zog ihn über den Betonboden. Sie musste ihn irgendwie durch die Stahltür in den hinteren Bereich der Halle schaffen. Riko war groß und kräftig gebaut, was die ganze Aktion nicht einfach machte. Joy hatte große Mühe, den schlaffen Körper über den Boden zu schleifen, doch Stück für Stück kam sie ihrem Ziel näher. Sie öffnete die schwere Stahltür und zog Riko hindurch, bis zu dem verrosteten Gabelstapler in der Ecke. Dem Fahrzeug fehlten der Motor, sowie die Gabeln zum Aufladen von Paletten. Das war der perfekte Ort. Sie fixierte ihn mit weiteren Kabelbindern an dem Fahrzeug und achtete darauf, dass sich keine scharfen Ecken oder Gegenstände in der Nähe befanden. Nichts wäre schlimmer, als dass er sich mit irgendetwas befreien konnte, was sie übersehen hätte. Sie zitterte vor Erschöpfung und ihr Körper war feucht vom Schweiß der Anstrengungen. Doch sie konnte sich jetzt nicht ausruhen. Sie ging noch einmal in den Nebenraum, wo sie zuvor auch die Kabelbinder gefunden hatte. Sie hatte dort eine Rolle Klebeband gesehen, welche sie sich aus der Kiste holte. Sie starrte auf die Rolle und wieder blitzte ein Bild vor ihren Augen auf. Es war das gleiche Klebeband, womit Riko ihr den Mund zugeklebt hatte, als er in ihre Wohnung eingedrungen war. Sie hatte die gleiche Rolle auf ihrem Beistelltisch liegen sehen. Ihr wurde heiß und sie schien innerlich zu kochen. Die Wut und den Hass, welchen sie gegen ihren Peiniger und den Mörder des ungeborenen Kindes verspürte, hätte sie nicht in Worte fassen können. Doch jetzt konnte sie ihrer Wut freien Lauf lassen und sich für alles rächen, was er den Seelen angetan hatte.

Sie eilte mit dem Klebeband zurück zu Riko, riss sich mit Hilfe ihrer Zähne ein Stück davon ab und klebte es auf Rikos Mund. Sie trat ein Stück zurück und betrachtete ihr Werk. Er würde sich nicht selbständig befreien oder um Hilfe rufen können, wobei ihn dort hinten ohnehin niemand gehört hätte.

Ihr Körper sank, mit dem Rücken an der Wand, erschöpft zu Boden. Sie schnaufte die Luft ein und aus. Ihr Herz schlug schnell, beruhigte sich jedoch allmählich. Sie sah nach oben aus dem großen Fabrikfenster der gegenüberliegenden Wand, welches in viele kleine Quadrate eingeteilt war. Die Glasflächen waren verwittert und stark verschmutzt, sodass es selbst am Tag nicht richtig hell in diesem Bereich des Gebäudes wurde. Joy konnte jedoch erkennen, dass es mittlerweile dämmerte. Die Sonne würde bald aufgegangen sein. Aus dem Augenwinkel sah sie, wie Rikos Gliedmaßen zuckten. Er würde jeden Moment erwachen. Sie sah sich noch einmal um und vergewisserte sich, dass sie nichts

Persönliches liegen ließ und Riko an keine Gegenstände kam, mit denen er sich hätte befreien können. Joy zog das Handy von Riko aus ihrer Hosentasche und sah auf das Display. Wenn Riko selbst vorerst nicht vermisst werden würde, dann aber zumindest das Auto, dass er sich wahrscheinlich bei jemanden geliehen hatte. Derjenige würde sich zuerst auf Rikos Handy melden.

Sie verließ das Gebäude über denselben Weg, über den sie hier vor Stunden hineingekommen war. Sie sog die Morgenluft tief in ihre Brust hinein und zog sich die Kapuze ihrer schwarzen Jacke soweit wie möglich über ihren Kopf. Ihre braunen Haare ließ sie an den Seiten der Kapuze herausschauen, sodass sie ihr tief ins Gesicht fielen. Diese Nacht lief nicht so, wie sie es sich vorgestellt hatte, dennoch war sie froh, dass sie Riko überwältigen und fesseln konnte. Das Schwierigste war geschafft. Auf dem Weg zu ihrem Auto tippte sie den ihr bekannten Code zur Entsperrung des Bildschirms in Rikos Handy ein. Sie lächelt. *Perfekt. Noch immer derselbe Code.*

Auf dem Weg zu Clara hielt sie noch bei einer Bäckerei außerhalb der Stadt an. Hier kannte man sie nicht und sie konnte unauffällig ein paar Brötchen besorgen. Clara hatte sich bisher noch nicht gemeldet, sodass sie vermutete, dass sie noch nicht vermisst wurde.

Es war bereits kurz vor sieben, als Joy das Haus ihrer Schwester erreichte und die Tür öffnete. Chi rannte ihr entgegen und begrüßte sie freudig, lief jedoch sofort zurück zu Ben. Der saß mit seinem frischen Kaffee am Küchentisch, sah von seiner Zeitung auf und starrte sie entgeistert an, wobei er fragend eine Augenbraue hochzog.

„Wo kommst du denn her?", fragte er.

„Ich habe Brötchen besorgt", sagte Joy nur knapp, nahm sich eines davon aus der Tüte und griff nach Bens Kaffeetasse.

„Danke für den Kaffee", grinste sie ihn an, verließ die Küche und ging die Treppe hinauf, wo ihr Clara entgegenkam und sie ebenfalls entsetzt ansah. Clara hatte sie in den letzten Wochen noch nie um diese Uhrzeit außerhalb ihres Zimmers gesehen und war genauso erstaunt wie Ben.

„Guten Morgen."

„Guten Morgen, Schwesterherz", lächelte Joy Clara beim Vorbeigehen an und ging geradewegs auf ihr Zimmer und schloss die Tür hinter sich.

Ben goss sich gerade eine neue Tasse Kaffee ein, als Clara die Küche betrat.

„War das gerade ein Anflug von guter Laune bei meiner Schwester? Ist irgendwas passiert?", fragte Clara.

„Außer, dass sie meinen Kaffee geklaut hat, eigentlich nicht", antwortete Ben und gab ihr einen Kuss.

„Ach, hier. Sie hat Brötchen mitgebracht. Ich habe

schon gegessen. Bin für ein paar Stunden im Büro."

Ben gab Clara die Tüte mit einem zwinkernden Auge in die Hand und schlenderte mit seinem Kaffee ins Büro.

„Na toll! Muss ich jetzt alleine frühstücken?", rief sie hinter ihm her, doch Ben hörte es nicht mehr.

DEIN LETZTER TAG

Joy schlang das Brötchen hinunter und genoss den heißen Kaffee. Sie legte sich in ihr Bett, ohne sich die Klamotten auszuziehen. Ein paar Stunden Schlaf würden ihr guttun, wobei sie daran zweifelte, jetzt schlafen zu können. Joy stellte sich vor, wie Riko erwachte und in Panik geriet, weil er nicht wusste, was ihm geschah. Er würde alles tun, um sich zu befreien. Was, wenn sie doch irgendwas vergessen hatte, womit er sich losmachen konnte?

Plötzlich klingelte es und Rikos Handy, das sie auf ihren Nachttisch gelegt hatte, blinkte auf und zeigte *Salvo* an. Sie kannte keinen Salvo. Sie hatte während der Beziehung ein paar wenige Freunde von Riko kennengelernt, aber ein Salvo war nicht dabei.

Sie ließ das Telefon klingeln. Als der Anrufer aufgab, dauerte es nicht lange, bis eine Nachricht von der Mailbox einging. Joy hörte sie ab:

„Alter, wo bist du? Hast du meine Karre zu Schrott gefahren, oder warum steht der nicht wie besprochen vor der Tür?"

Okay Arschloch. Du hast dir den Wagen also geliehen. Dachte ich es mir doch.

Genau auf diesen Anruf hatte sie gewartet. Sie öffnete eine neue SMS, suchte Salvo in der Kontaktliste und tippte eine Nachricht ein:

„Ich brauche den Wagen noch einen Tag. Komme morgen Abend zurück. Hoffe, das ist okay."

Ein paar Minuten später kam die knappe Antwort:

„Geht klar, man."

Joy hatte Zeit gewonnen. Salvo würde bis morgen Abend nicht weiter nach Riko oder dem Auto fragen. Bis dahin hätte sie alles erledigt. Sie fragte sich allerdings, wo Riko den Wagen geparkt hatte. Vor dem Firmengebäude stand er nicht, das konnte sie sehen, als sie am Gebäude vorbei musste, um zum Hintereingang zu gelangen. Sie hatte aus dem Gestrüpp einen guten Blick auf den Parkplatz. In der letzten Nacht hatte sie sich keine weiteren Gedanken zum Verbleib des Autos gemacht.

Sie war hellwach und bekam kein Auge zu. Riko

würde wahrscheinlich gerade wahnsinnig vor Angst. Er hatte die Kontrolle nun sogar über sich selbst verloren. Das würde ihn in den Wahnsinn treiben und genau so hatte sie sich das vorgestellt. Joy stand wieder auf und zog eine Reisetasche unter ihrem Bett hervor. Sie hatte in den letzten Tagen nach und nach die Tasche mit einigen Utensilien befüllt, die sie für ihren Plan benötigte und hatte den Wagen vollgetankt. Sie musste immer Acht geben, dass Clara und Ben nichts mitbekamen. Hätte einer von Ihnen sie mit Waffen oder einem Leichensack gesehen, hätte sie Erklärungen liefern müssen. Aber wie erklärt man so etwas?

Nachdem sie ausgiebig geduscht hatte, zog sie sich an, nahm die Tasche und verließ das Haus. Sie öffnete den Kofferraum und stellte die Tasche direkt neben den großen Koffer, der bereits seit einigen Tagen im Wagen lag.

Clara saß mit einem Buch auf der Couch und beobachtete Joy aus dem Fenster. Sie hatte einen guten Blick auf die Autos und fragte sich, wo ihre Schwester mit dieser großen Tasche hinwollte. Gleichzeitig zwang sie sich, nicht weiter darüber nachzudenken. Ihre Schwester war erwachsen und sie war im Grunde froh, dass sie auch mal wieder alleine vor die Türe ging. Sie konnte sich schließlich nicht ewig im Haus verstecken. Auch wenn Riko draußen noch frei herumlief. Es wird immer irgendeinen Idioten geben, vor dem man nicht wirklich sicher ist. Sie dachte kurz darüber nach, dass Joy heute Morgen offensichtlich ungewöhnlich gute Laune hatte und fragte sich, warum. Vielleicht trieb ihre Schwester wieder Sport, was die Tasche erklären würde. Es ließ ihr keine Ruhe. Vielleicht wusste Ben etwas. Sie verließ ihr Sofa und ging zu Ben ins Büro.

„Weißt du, wo Linny hinwill?", fragte sie Ben, während sie auf seinen Schreibtisch zuging. Ben blickte nur kurz auf. Sein Grinsen war für Clara nicht zu übersehen.

„Hat sie sich etwa nicht abgemeldet?", fragte er neckisch.

„Ben, bitte. Sie ist mit einer großen Tasche weggefahren. Hat sie mit dir über irgendwas gesprochen?"

Ben sah Clara nun an.

„Clara, sei doch froh, dass sie allmählich wieder zur Normalität zurückkehrt. Keine Ahnung, warum sie eine Tasche dabei hatte. Vielleicht wurde ihre Handtasche zu klein. Ihr Frauen habt ja euer ganzes Leben da drin."

„Du bist wieder total witzig, Ben. Ich meine es wirklich ernst. Ich mache mir doch nur Gedanken."

„Zu viele, mein Schatz", meinte Ben und blickte wieder auf seine Unterlagen.

„Der Idiot läuft da draußen irgendwo rum und

könnte sie sich jederzeit packen."

Ben atmete tief durch. Er konnte die Aufregung nicht verstehen und war der Meinung, dass Clara zu ängstlich war.

„Wahrscheinlich ist er längst über alle Berge. Er weiß doch, dass nach ihm gesucht wird. Aber Linny kann sich nicht völlig isolieren. Wenn Riko nicht gefunden werden will, dann wird ihn auch keiner finden. Deine Schwester ist wie ein Vogel. Du kannst sie nicht einsperren. Sie muss fliegen, Baby. Das weißt du besser als ich."

Clara erwiderte nichts weiter und verließ kommentarlos sein Büro. Sie ärgerte sich darüber, dass Ben die Sache so locker nahm. Gleichzeitig machte sie sich Gedanken, ob sie nicht tatsächlich überreagierte. Sie machte sich einen Tee in der Küche und ging zurück auf das Sofa, wo ihr Buch wartete.

Joy sah noch einmal zum Haus ihrer Schwester, setzte sich dann in ihren Wagen und fuhr los. Hätte sie Clara Bescheid geben sollen, dass sie nicht auf sie warten brauchte? Was hätte sie ihr dann für eine Begründung genannt? Die Wahrheit konnte sie ihr nicht sagen.

Hoffentlich findet sie die Nachricht. Sie wird es verstehen.

Plötzlich wurde Joy aus ihren Gedanken gerissen. Im

Rückspiegel sah sie Blaulicht. Mittig davon leuchtete eine Anzeigetafel mit der Aufschrift STOP POLIZEI.

Verdammte Scheiße! Ausgerechnet jetzt.

Sie fuhr in die nächste Bushaltestellenbucht und hielt an. Was sollte sie nur sagen, wenn sie die Tasche entdeckten? Joy kramte ihre Papiere aus dem Handschuhfach. Was war schiefgelaufen? Vielleicht war sie in Gedanken versunken zu schnell gefahren. Sie befand sich nicht im Stadtgebiet und hier war siebzig erlaubt. Schneller war sie auf keinen Fall unterwegs. Oder hatte Clara die Polizei verständigt, weil sie einfach gefahren war, ohne ihr Bescheid zu geben? Die Beamten stiegen aus und kamen auf Joys Auto zu. Sie dachte kurz darüber nach, die Gelegenheit zu nutzen und abzuhauen. Sie verwarf den Gedanken sofort wieder. Wenn sie sich jetzt Schwierigkeiten mit der Polizei einhandelte, würde das den ganzen Plan durcheinanderbringen. Sie brauchte nur Zeit bis heute Nacht, dann hätte sie alles erledigt. Einer der Polizisten trat direkt an ihr Fenster, der andere hielt sich im Hintergrund. Sie beschloss, einfach abzuwarten, was passieren würde und öffnete das Fenster. Joy war nervös, versuchte jedoch, sich nichts anmerken zu lassen.

„Allgemeine Verkehrskontrolle. Führerschein und Fahrzeugpapiere, bitte."

Joy reichte dem Polizisten die Papiere.

„Ist etwas nicht in Ordnung?", fragte sie. Sie hoffte inständig, dass der Beamte nicht in den Kofferraum und die Tasche sehen wollte. Es gab eigentlich keinen Grund dafür, doch sie wusste immer noch nicht, weshalb sie angehalten wurde.

„Wo möchten Sie hin?", folgte die Gegenfrage, während er sich die Unterlagen ansah.

„Ins Stadtzentrum", antwortete Joy, merkte jedoch gleich, dass es eine dumme Antwort war.

„Ins Stadtzentrum geht es in die andere Richtung, Frau Landmair."

Es war dem Beamten nicht entgangen, dass sie in diese Richtung sicher nicht in die Stadt, sondern von ihr weg fahren würde. Sie musste sich schnell eine Erklärung einfallen lassen.

„Ja, ich weiß. Ich bin im letzten Kreisverkehr falsch rausgefahren und suche nach einer Wendemöglichkeit."

Der Beamte gab ihr die Papiere zurück. Er schaute ihr einige Sekunden skeptisch in die Augen. Sie wurde noch nervöser, als sie es ohnehin schon war.

„Ihr rechtes Bremslicht ist defekt. Lassen Sie es bitte schnellstens reparieren. Gute Weiterfahrt."

„Mache ich, danke", antwortete Joy.

Sie blieb noch einen Moment stehen und wartete, bis der Streifenwagen an ihrem Auto vorbei, weiter die Straße hinauffuhr. Sie atmete tief durch bevor sie ebenfalls weiterfuhr.

Das eingezäunte Gelände, welches zum Fabrikgebäude gehörte, war an drei verschiedenen Stellen mit großen Gittertoren versehen. Sie schätzte die Höhe auf etwa drei Meter, wie der Zaun, der das Grundstück umfasste. Lediglich direkt am Gebäude gab es eine eineinhalb Meter breite Lücke durch die sie am Vortag auf das Gelände kam. Sie kannte die Stelle vom Gassi gehen mit ihrem Hund, als sie noch hier wohnte. Sie hielt an dem Tor, welches das nächste zum Gebäude war. Gestern hatte sie ein paar Meter weiter weg geparkt, wo es eine von Bäumen und Sträuchern gut geschützte Bucht gab. Heute wollte sie mit dem Auto durch das Tor direkt aufs Gelände bis hinter das Gebäude fahren. Bevor sie ausstieg, sah sie sich noch einmal um. Sie durfte auf keinen Fall dabei gesehen werden, wenn sie das Tor passierte. Es war keine Menschenseele in der Nähe. Sie öffnete den Kofferraum, griff in die Tasche und zog einen Bolzenschneider heraus, den sie in Bens Garage gefunden hatte. Es war keine große Anstrengung, die Kette zu durchtrennen, welche die beiden Torhälften zusammenhielt. An der Kette hing ein Schild mit der Aufschrift: „Das Gelände wird überwacht. Betreten verboten!"

Sie wusste jedoch, dass das Gelände keineswegs

überwacht wurde. Vielleicht vom Fenster aus - und das nur durch Riko. Doch gerade in diesem Moment konnte er das ganz sicher nicht. Sie fuhr mit ihrem Wagen hindurch und schloss das Tor wieder. Die Kette hing sie wieder in das Tor, sodass es von der Straße so aussah, als sei alles verschlossen.

Joy kam nur langsam vorwärts, da sie auf jedes Schlagloch achten musste. Es gab hier nichts, was einer Straße ähnelte und die Wiese war ziemlich hoch bewachsen. Sie hörte, wie die Gräser und Pflanzen unter ihrem Wagen ein schleifendes Geräusch hinterließen. Da war es. Hinter dieser Tür würde sie gleich wieder auf Riko treffen, der gefesselt an einem verrosteten Gabelstapler kauerte. Joy lächelte beim Anblick der Stahltür. Sie spürte etwas wie Freude. Heute würde er bekommen, was er verdient hatte.

Es fing an zu regnen, als Joy aus ihrem Auto stieg. Sie nahm die Tasche aus dem Kofferraum und ging zur Hintertür, dem Notausgang des Gebäudes. Riko saß immer noch gefesselt an dem alten Gabelstapler, so wie Joy ihn dort hinterlassen hatte und starrte sie an. Sie ließ ihre Tasche vor ihm auf den Boden fallen, hockte sich vor Riko und sah ihm tief in die Augen. Ihr Mund formte sich zu einem hämischen Lächeln und ihre Augen zu funkelnden Schlitzen.

„Soll ich dir mal was verraten?"

Riko atmete hektisch. Er hatte Angst und war unsicher. Joy genoss den Anblick. Er hatte keine Kontrolle mehr über die Situation. Allein das machte Riko wahnsinnig. Der große Riko, der immer den Überblick behielt und dem alle zuhörten, sobald er den Mund aufmachte, saß nun vor ihr wie ein Häufchen Elend. Joy stand auf und sah von oben auf ihn herab.

„Heute ist dein letzter Tag, Riko."

TODGEWEIHT

Mein letzter Tag? Verdammte Scheiße! Was meint die Schlampe damit?

Riko verstand nicht, was schiefgelaufen war. Er hatte immer alles unter Kontrolle, vor allem seine Weiber. Und dieses Miststück versuchte jetzt, ihn fertig zu machen. Plötzlich sah Riko eine schwarze Stiefelsohle auf sein Gesicht zukommen. Er konnte das Knacken seines Nasenbeins deutlich hören. Sein Kopf wurde mit einem Ruck nach hinten geschleudert und prallte gegen eine Kante des Fahrzeugs, an dem er gefesselt war. Sein Schädel dröhnte und ein unsagbarer Schmerz machte sich im Kopf breit. Ein metallischer Geschmack verteilte sich in seinem Mund. Er schluckte die mit Speichel gemischte Flüssigkeit herunter. Dunkelrotes Blut tropfte aus seiner Nase, das sich auf seinem T-Shirt verteilte. Er hatte einen heftigen Tritt von Joy kassiert. Er hatte sie unterschätzt.

Joy beugte sich über ihn und er nahm wieder dieses unberechenbare Funkeln ihrer Augen wahr.

„Ich werde dir jetzt das Klebeband abnehmen. Du hast die Möglichkeit, deine Schnauze zu halten und dadurch ein paar Minuten länger zu leben. Ein Ton von dir und du kannst dich sofort verabschieden."

Joy wartete auf das bestätigende Nicken von Riko, was prompt folgte. Mit einem Ruck riss sie ihm das Band vom Gesicht. Riko gab ein kurzes, schmerzerfülltes Brummen von sich.

„Verdammte Scheiße, Linny. Was hast du vor?"

Joy hielt den Zeigefinger auf seine Lippen um ihm zu signalisieren, dass er still sein sollte.

„Erstens, nenn mich Joy. Linnywi ist tot. *Du* hast sie getötet. Und zweitens hatte ich dir gesagt, dass du deine Schnauze halten sollst. Ich sage dir Bescheid, wenn du deinen Mund aufmachen kannst."

Riko spuckte ein Speichel-Blutgemisch aus, welches sich immer noch in seinem Mund sammelte.

„Bist du verrückt geworden, Linny? Wer zur Hölle ist Joy?", fragte Riko verwirrt.

„Joy, Riko. Mein Name ist Joy. Sagst du noch einmal Linny, schlitze ich dir deine Kehle auf."

Joy stand auf und drehte sich grinsend um. Sie packte ihre Tasche und warf sie ein Stück von Riko entfernt auf den Boden. Während sie auf die Tasche zuging, drehte sie sich noch einmal um und sah Riko an.

„Du kannst dich glücklich schätzen, Riko. Du darfst von Anfang an dabei sein. Du wirst dir noch wünschen, dass du besser bei meinem exzellenten Schlag in der Halle ums Leben gekommen wärst."

Joy lachte laut. Riko lief es kalt den Rücken hinunter. Das war nicht der Mensch, den er kannte. Er kannte Linnywi zuerst als selbstbewusste und liebevolle Frau, die sich später zu einer elendigen, jammernden und verweichlichten Nervensäge entwickelte, die nichts auf die Reihe bekam. Doch Joy war nichts von all dem. Weder war sie verweichlicht, noch war sie annähernd liebevoll. Genau das Gegenteil war der Fall. Sie war offensichtlich eine brutale und zu allem fähige Persönlichkeit in der Hülle der Frau, die er immer noch krankhaft liebte. Er musste sich eingestehen, dass ihm diese Frau, die er nicht zu kennen schien, Angst einjagte.

Joy öffnete die Tasche und holte etwas, das wie eine dicke Folie aussah, heraus und breitete sie auf dem Boden vor Riko aus. Er glaubte zu Träumen. Sah er wirklich richtig?

„Ist das ein Leichensack?", fragte er ungläubig.

Joy reagierte nicht auf seine Frage und strich

stattdessen den Sack glatt und öffnete ihn, bereit um eine Leiche darin zu verstauen.

Kalter Angstschweiß breitete sich auf Rikos ganzem Körper aus. Sein Puls raste, als er sah, was Joy noch aus der Tasche holte. Sie legte am Fußende des Leichensacks, gut für Riko sichtbar, drei verschieden große, rasierklingenscharfe Messer bereit, wobei eines der Messer wie ein Skalpell aussah. Riko rutschte unruhig auf dem Boden hin und her. Er wurde sichtlich nervös, was Joy sehr gefiel. Immer wieder sah sie Riko in die Augen, um seine Panik wie eine Droge zu genießen. Riko versuchte durch kreisende Bewegungen, seine Fesseln zu lösen. Doch er konnte keine scharfe Kante ausmachen, an der er sie hätte durchreiben können. Seine Lage schien hoffnungslos.

„Gib es auf, Riko. Du kommst hier nicht mehr lebend raus."

Rikos Gliedmaßen zitterten. Er wollte nicht akzeptieren, dass ausgerechnet seine Exfreundin für seinen Tod verantwortlich sein würde. Lieber hätte er sein Leben bei einem Verkehrsunfall oder einer Messerstecherei verloren. Doch hier, in der Gewalt einer Frau, die nun solch eine Macht auf ihn ausübte, dass sein Herzschlag vor Angst schmerzhaft gegen seine Brust drückte, wollte er nicht wahrhaben.

Joy legte noch eine Plastiktüte neben die Messer. Riko

wusste, dass mit Joy offenbar nicht zu spaßen war.

„Joy!", er fühlte sich merkwürdig dabei, diesen Namen auszusprechen, der so gar nicht zu seiner Erinnerung an seine Exfreundin passte.

„Mach keinen Fehler. Ich werde mich stellen. Ich werde alles zugeben, wenn du mich frei lässt."

Joy sah ihn mit einem ernsten Gesichtsausdruck an, wobei sich außer ihrem Mund kein weiterer Muskel im Gesicht zu bewegen schien.

„Glaubst du wirklich, du könntest alles wieder gut machen, wenn du dich der Polizei stellst? Du hast ein ungeborenes Kind auf dem Gewissen. Mal abgesehen von der Seele, die du viel zu lange gequält und geschändet hast. Hinzu kommen die Frauen vor Linnywi, die du erniedrigt hast. Nicht einmal dein Tod könnte das alles wieder in Ordnung bringen."

„Joy! Bitte!"

Unbeeindruckt von Rikos Tränen, drehte Joy sich um. Er hatte noch nie vor einer Frau geweint. Doch er wollte sich nicht von seinem Leben verabschieden. Nicht so. Seine Verzweiflung mischte sich mit Angst.

„Hör auf zu heulen und steh das wie ein Mann durch", sagte sie leise und bestimmt.

„Ich will noch nicht sterben!"

„Das wollte Linnywi auch nicht. Und sie wollte auch nicht, dass ihr Kind stirbt. *Du*, Riko, hast dein eigenes

Kind auf dem Gewissen. Also lebe mit den Konsequenzen, auch wenn das nicht mehr lange sein wird."

„Es tut mir leid, was ich dir angetan habe! Ehrlich!"

Riko zog seine Knie an sich heran und versuchte schluchzend seine Tränen aus dem Gesicht zu wischen, die in den Wunden seines Gesichts wie Feuer brannten.

Was für ein Weichei. Was fand Linnywi nur an diesem Typen? Das ist ja grauenvoll.

„Womit fangen wir zuerst an?", fragte Joy in den Raum, ohne eine Antwort zu erwarten.

Dann schnappte sie sich die Tüte und das mittelgroße Messer, stellte sich vor Riko auf und zog ihm die durchsichtige Plastiktüte blitzschnell über den Kopf. Sie knotete sie am Hals fest zu, sodass keine Luftzirkulation mehr stattfinden konnte. Dann setzte sie sich vor Riko auf den Boden und sah ihm in seine von Panik weit aufgerissenen Augen.

Scheiße! Die will mich wirklich umbringen, dachte Riko entsetzt. Jeder Atemzug wurde beschwerlicher. Der minimale Anteil des Sauerstoffs innerhalb der Tüte war schnell aufgebraucht. Die Folie beschlug von seinem feuchten Atem. Er versuchte, sich durch hektische Bewegungen von der Tüte zu befreien, doch ohne Erfolg. Die Kabelbinder an seinen Gelenken schnitten sich durch seine kräftigen Bewegungen tief in das Fleisch hinein. Er war am Ende seiner Kräfte. Seine Atemzüge setzten immer wieder aus. Vor seinem inneren Auge sah er sein Leben an sich vorbeiziehen. Seine unglückliche Kindheit mit seinem brutalen Vater, der ihn bei jeder Kleinigkeit grün und blau schlug. Er sah das Gesicht seines vier Jahre jüngeren Bruders, der sich mit vierzehn Jahren erhängte, weil er die Qualen des Vaters nicht mehr ertrug. Riko hatte ihn allein gelassen. Er war mit achtzehn einfach gegangen. Er hätte seinen Bruder beschützen müssen, doch er tat es nicht. Im nächsten Moment blitzen verschiedene Bilder auf, auf denen er sich selbst sah, wie er die Frauen schlug und sie quälte. Dann sah er Linnywis wunderschöne Augen, die ihn mitten in der Nacht aus dem Fenster des Taxis anleuchteten, gefolgt von Bildern der schluchzenden Linnywi, auf der er lag und brutal in sie eindrang, um seine Macht zu demonstrieren und seine Lust nach ihr zu stillen. *Ich habe es nicht anders verdient*, dachte er. *Ein Mensch wie ich darf nicht leben.*

Seine Pupillen weiteten sich. Der Fall in die Bewusstlosigkeit stand kurz bevor als Joy die Folie der Tüte plötzlich mit dem Messer aufschnitt und sie ihm vom Kopf riss. Er versuchte so viel Luft wie möglich einzuatmen, die durch Hustenanfälle begleitet wurden. Joy stand vor ihm und hielt die Tüte und das Messer in der Hand. Ohne eine Miene zu verziehen beobachtete sie, wie Riko Luft zu holen versuchte.

„Hast du gedacht, ich lasse dich jetzt schon verrecken?", fragte Joy und schüttelte den Kopf.

Rikos Kopf dröhnte als wäre ein Zug hindurch gefahren. Die Schmerzen seiner Nase machten ihm besonders zu schaffen und er fühlte sich benommen.

„Joy, hör auf", flüsterte Riko zwischen seinen Hustenattacken. Doch schon kam sie wieder auf ihn zu. Diesmal hatte Joy das Skalpell in der Hand. Sie trat ihm noch einmal ins Gesicht und anschließend in den Magen, sodass Riko sich vor Schmerzen krümmte. Dann drückte sie mit ihrem Fuß die Knie von Riko runter und setzte sich auf seine Beine.

„Weißt du, Riko. Du hast dich mit der falschen Frau angelegt. Es war ein großer Fehler, noch einmal hierher zu kommen."

Joy nahm einen tiefen Atemzug. Sie packte Rikos Kinn und drückte mit dem Daumen seinen Kopf hoch. Die anderen Finger umschlossen seinen Mund. Seine Augen waren nur halb geöffnet.

„Weißt du noch, Riko? Wie wäre es mit einem Schnitt von hier...", Joy setzte das Skalpell am oberen Rand seines Ohres an und drückte zu. Blut trat aus der noch kleinen Wunde aus. Sie drückte fester zu und zog das Skalpell durch die Wange bis hinunter zum Mundwinkel. Riko schrie vor Schmerzen, doch unter

Joys Hand war der Schrei so sehr gedämpft, dass es nicht einmal bis in die große Halle hörbar war. Er versuchte Joy von seinen Beinen zu stoßen, doch er war mittlerweile zu schwach, um wirklich erfolgreich zu sein. Das Blut lief aus der Wunde hinunter auf sein T-Shirt, was bereits von dem Blut aus seiner Nase große, rote Flecken hatte.

Joys Hass gegen Riko und die Lust, ihm sein Leben zu nehmen, ließ sie das Skalpell an seiner Halsschlagader ansetzten. Wie in Trance baute sie immer mehr Druck auf, bis die obersten Hautschichten durchbrochen waren und die ersten Blutstropfen an seinem Hals herunterliefen. Sie brauchte nur noch fester zudrücken und einen sauberen Schnitt machen. Doch irgendetwas hielt sie noch davon ab.

„Drück zu, Joy. Mach schon!", stammelte Riko geschwächt. Er konnte sich nicht mehr in der sitzenden Position halten und sackte wie ein Sack in sich zusammen. Sie zog das Skalpell reflexartig zurück. Seine Arme zogen sich lang nach oben, wo die Kabelbinder seine Handgelenke mit dem Gabelstapler verbanden. Plötzlich hallte ein lauter und greller Schrei durch Joys Kopf, sodass sie ihre Augen zusammenkneifen musste.

Joy! Es reicht! Hör auf! Er hat seine Strafe bekommen. Töte ihn nicht! Joy! Hörst du mich!

Wieder ertönte ein schriller Schrei. Joy öffnete die Augen. Sie erhob sich von Rikos Beinen und ging ein paar Schritte zurück. Sie spürte einen innerlichen Druck, der sich durch den ganzen Körper zog. Ihr Kopf dröhnte und sie hatte das Gefühl, von innen heraus zu platzen. Irgendetwas geschah mit ihr. Sie taumelte, bis sie mit dem Rücken die Wand berührte, wo sie sich auf die Knie sinken ließ. Sie schloss ihre Augen. Es wurde schwarz um sie herum und sie fand sich im dunklen Raum der Seelen wieder. Etwas war anders. Der Tisch mit dem Spiegel und der Hocker fehlten. Stattdessen fand sie die andere Seele vor, die wie ihr Spiegelbild direkt vor ihr stand und sanft zu ihr sprach:

„Es ist vorbei, Joy."

Langsam schritten die Seelen ineinander und verschmolzen zu einer. Sie waren wieder vereint. Innerhalb eines Bruchteils einer Sekunde durchflutete ein helles Licht den Raum, dann wurde es wieder dunkel.

Linnywi öffnete die Augen. Sie sah an sich herunter, dann auf ihre Hände, die voll von Rikos Blut waren. Er war kaum noch bei Bewusstsein und stöhnte vor Schmerzen. Ihre Augen füllten sich mit Tränen, die schon bald an ihren Wangen herunterliefen und sich auf dem Betonboden in dunkle Flecken verwandelten.

Es war bereits dunkel. Nur die Blitze des Gewitters erhellten immer wieder die Innenräume des Fabrikgebäudes. Sie packte all die Sachen, die Joy mitgebracht hatte in die große Reisetasche und ging damit zum Ausgang. Bevor sie hinausging, blieb sie stehen und drehte sich noch einmal zu Riko um.

Riko sah durch seine Augenschlitze, kaum noch bei Bewusstsein, wie sich die Tür öffnete und eine schattenhafte Gestalt in das Blitzlichtgewitter, hinaus in den Regen trat. Die Tür schloss sich wieder. Rikos Kraft verließ ihn und es wurde dunkel um ihn herum.

SCHWEIGEN

„Ach du Scheiße!", stieß Weineck aus, als er den Hintereingang des Fabrikgebäudes betrat.

„Was ist los?", rief Schröder von draußen, dem die Reifenspuren aufgefallen waren. Er stellte jedoch ernüchternd fest, dass diese wegen dem Starkregen der letzten Nacht für eine Untersuchung kaum brauchbar waren.

„Das musst du dir ansehen, Schröder!"

Schröder betrat ebenfalls den Hintereingang und schluckte kurz.

„Das ist Riko Schütt. Offensichtlich konnte ihn irgendjemand nicht ausstehen", meinte Schröder trocken.

„Wundert mich nicht. Ich rufe einen Notarzt",

bemerkte Weineck.

Schröder ging auf Riko zu und hockte sich vor ihn. Er griff nach Rikos Kopf und hob ihn hoch, sodass er ihm ins Gesicht sehen konnte. Riko sah Schröder durch zusammengekniffene Augen an und stöhnte vor Schmerzen.

„War nicht Ihr Tag, was? Wer hat Sie so zugerichtet, Herr Schütt?"

Riko zog den Kopf weg. Er schwieg.

*

Es war am späten Nachmittag, als es läutete. Ben ging zur Tür und öffnete sie.

„Guten Tag. Sie scheinen nicht überrascht zu sein."

„Sollte ich das denn?", fragte Ben. „Kommen Sie rein. Kaffee?"

Ben bot Schröder und Weineck einen Platz am Esstisch an. Weineck lehnte ab und stellte sich, wie auch bereits im Krankenhaus, in die Nähe der Tür und verharrte dort.

„Ich nehme gerne einen Kaffee", sagte Schröder und setzte sich auf den angebotenen Stuhl und griff nach der Tasse, die ihm Ben hingestellt hatte.

Clara betrat die Küche und war ebenfalls nicht überrascht über den Besuch der Beamten. Ben lehnte sich an die Küchenzeile, nachdem er auch Clara einen Kaffee gereicht hatte. Dann setzte sie sich zu Schröder.

„Haben Sie ihn gefunden?", fragte Clara.

„Ja, das haben wir. Wir haben einen Tipp von einem anonymen Anrufer erhalten."

Clara nippte an ihrem heißen Kaffee, während sie Schröder zuhörte.

„Wir haben Herrn Schütt in den Fabrikhallen unterhalb seiner Wohnung gefunden."

Clara blickte auf und sah Schröder in die Augen. Sie wartete nur darauf, dass er ihr mitteilte, dass Riko tot war. In Linnywis Brief stand, dass Clara sie nicht für ein Monster halten solle. Das konnte nur bedeuten, dass sie ihn umgebracht hatte. Dann sprach Schröder weiter.

„Wir haben ihn gefesselt und schlimm zugerichtet aufgefunden. Hätten wir den Tipp nicht bekommen..."

Er kam nicht dazu weiterzusprechen, da Clara ihm ins Wort fiel.

„Lebt er?", fragte sie.

„Ja, er lebt. Überrascht Sie das etwa?"

Schröder sah Clara und Ben abwechselnd an. Clara fiel ein Stein vom Herzen. Sie konnte sich auch nicht vorstellen, dass ihre Schwester zur Mörderin werden würde. Egal, was man ihr angetan hätte, sie würde niemals einen Menschen umbringen. Ben äußerte sich nicht und stand nur regungslos mit seinem Kaffee an der gleichen Stelle. Auch der schweigende Weineck rührte sich während des Gespräches nicht. Clara antwortete nicht auf Schröders Frage, ob sie mit etwas anderem gerechnet hatte und er hakte auch nicht weiter nach. Wahrscheinlich wollte er nur die Reaktion der beiden auf die Probe stellen.

„Sagen Sie... wo ist eigentlich Ihre Schwester?"

Clara sah erst Ben und dann Schröder an. Was sollte sie ihm jetzt antworten, ohne dass Linnywi in Schwierigkeiten geraten würde?

„Sie ist seit einigen Tagen weg. Sie brauchte eine Auszeit."

Clara fühlte sich schlecht dabei, ihm nicht die ganze Wahrheit zu sagen, dennoch ging es um ihre Schwester. Und wenn Linnywi Riko so zugerichtet hatte, dann zu Recht. Doch das Gesetz sieht es etwas anders.

„Seit wann genau ist sie weg und wo wollte sie hin?", wollte Schröder wissen.

„Vor genau vier Tagen. Wohin sie wollte, hat sie nicht gesagt. Linnywi meinte, sie würde sich zwischendurch melden. Sie hatte kein Ziel vor Augen."

Schröder sah Clara und Ben an. Ben nickte bestätigend und wartete auf eine Reaktion von Schröder. Clara fühlte sich schlecht dabei, dass sie Schröder in Bezug auf das Verschwinden ihrer Schwester anlog, doch für ihre Familie würde sie noch viel mehr tun.

„Vor vier Tagen? Sind Sie sicher?", hakte Schröder nach und sah Clara in die Augen.

„Ja, ganz sicher", log Clara.

„Aber warum wollen Sie das wissen? Glauben Sie im Ernst, dass meine Schwester ihn so zugerichtet hat? Bitte... Riko wird Ihnen doch sicher gesagt haben, wer ihm das angetan hat."

„Genau da stehen wir vor einem Problem. Herr Schütt schweigt nämlich."

Clara versuchte, sich nichts anmerken zu lassen, fragte sich allerdings, warum Riko sich nicht dazu äußerte. War es ihm vielleicht unangenehm, dass er von einer Frau fertiggemacht wurde? Oder war er tatsächlich zur Besinnung gekommen und sah ein, dass er es verdient hatte?

„Wir würden Ihrer Schwester gerne ein paar Fragen dazu stellen. Sagen Sie ihr bitte, dass sie sich melden soll, wenn Sie das nächste Mal mit ihr sprechen."

„Natürlich", antwortete Clara.

Schröder und Weineck verabschiedeten sich und verließen das Haus.

„Weißt du wirklich nicht, wo sie ist?", fragte Ben skeptisch.

Clara lächelte und sah Ben einen Moment in die Augen. Ben wusste von dem Brief, den Clara in Linnywis Zimmer gefunden hatte. Sie zeigte ihm den Brief, doch er las ihn nicht. Diese Zeilen waren an Clara gerichtet und er wusste, dass der Inhalt auch nur für sie bestimmt war.

Und Clara schwieg.

FREIE SEELEN

Linnywis braunes Haar tanzte im eisigen Wind, der vom Meer ins Land zog. Der Himmel war sternenklar und das Mondlicht spiegelte sich in den Wellen, die sich am Strand brachen und dabei ein grollendes Geräusch hinterließen. In einer dicken Decke eingehüllt stand sie in den Dünen und beobachtete die Sterne. Sie dachte an die Geschichte, die ihre Mutter ihr als Kind immer erzählte:

Die Sterne am Himmel sind die Seelen unserer Verstorbenen. Immer wenn eine Seele den Körper verlässt, wird sie in den Himmel geholt und lebt als Stern weiter.

Linnywi atmete die salzige Seeluft tief in ihre Lungen, als eine warme Hand ihre Schulter berührte. Sie musste sich nicht umdrehen, um zu sehen, wessen Hand das war. Sie spürte, wie sich der Kopf ihrer Schwester von hinten auf ihre Schulter legte. Linnywi schmiegte ihr Gesicht an Claras Wange.

„Das wird das schönste Weihnachtsfest, das wir seit dem Unfall haben werden", flüsterte Clara.

„Ja, das wird es."

Sie drehten sich um und gingen Arm in Arm zum Strandhaus zurück.

Ben entlud gerade den Wagen und winkte den beiden Frauen zu. Chi lief quiekend auf sie zu und warf sich vor ihre Füße. Linnywi nahm ihn auf den Arm und küsste seine feuchte Nase. Ben begrüßte Claras Schwester mit einer herzlichen Umarmung.

„Vor dir muss man ja Angst bekommen", flüsterte er und zwinkerte ihr mit einem Auge zu. Linnywi erwiderte jedoch nichts darauf und sie gingen gemeinsam ins Haus.

Das Feuer im Kamin gab eine wohlige Wärme ab. Ben öffnete den Wein, schenkte den Schwestern jeweils ein Glas ein und setzte sich ebenfalls an den Kamin.

*

Als Clara den Brief im Zimmer ihrer Schwester gefunden hatte, war Linnywi bereits auf dem Weg nach

Dänemark. Auf einem einsamen Rastplatz wusch sie sich gründlich und zog sich die frischen Sachen an, die sie zuvor mit all den anderen Utensilien in die große Reisetasche gepackt hatte. Kurz vor der Grenze hielt sie noch einmal an einer Tankstelle mit Werkstatt. Einem Mitarbeiter steckte sie fünfzig Euro zu, um einen anonymen Anruf für sie zu tätigen.

Riko war ein Opfer seiner Vergangenheit. Linnywi hatte mittlerweile Mitleid mit ihm. Er würde sich jahrelangen Therapien unterziehen müssen, um alles aufzuarbeiten.

Auch sie selbst würde irgendwann über die Seelen sprechen müssen, damit sie, wie Ben es nannte, wieder fliegen konnte.

In Freiheit, wo sie hingehörte.

Liebste Clara,

wir schreiben diesen Brief, weil wir dir danken möchten. Danken dafür, dass du uns nie aufgegeben und immer an das Gute in uns geglaubt hast. Du bist der liebevollste und geduldigste Mensch den wir kennen und wir sind stolz, dich zur Schwester zu haben.

Wir haben dir in den letzten Jahren oft Sorgen bereitet. Dafür möchten wir uns bei dir entschuldigen. Nach dem Tod unserer Eltern warst du immer da. Wir konnten jedoch nie für dich da sein.

Auch jetzt wirst du dir Sorgen machen. Doch das brauchst du nicht. Uns geht es gut.

Schröder wird bald bei euch auftauchen und Fragen stellen. Er wird zu diesem Zeitpunkt Riko gefunden haben.

Halte uns nicht für ein Monster. Irgendwann werden wir dir erklären, warum wir das getan haben.

Der einzige Gedanke, der uns tröstet ist der, dass wir wissen, dass unser ungeborenes Kind bei seinen Großeltern einen Platz am Sternenhimmel hat.

Jeden Abend werden wir den Himmel von den Dünen aus in Richtung Westen beobachten und den grollenden Geräuschen lauschen.

In tiefer Liebe,

L. J.

-Ende-

Für meinen Sohn und meine Familie. Vielen Dank für Eure Unterstützung, Eure ermutigenden Worte und den Glauben an mich.

Liebe Leserin, Lieber Leser,

hat Ihnen das Buch gefallen?
Ich würde mich sehr freuen, wenn Sie sich fünf Minuten Zeit nehmen und Ihre Bewertung auf Amazon, Thalia oder einer anderen Online-Bücherplattform Ihrer Wahl hinterlassen. Schreiben Sie, was Ihnen gefallen hat oder was in Zukunft verbessert werden kann.
Ihre Bewertung/Rezension ist eine große Unterstützung für uns Indie-Autoren.

Ich bedanke mich herzlich für Ihre Mithilfe.

Ihre Autorin,
Cornelia J. Busch